L'abécédaire de la littérature

字母會

O

作品

comme Œuvre

L'abécédaire de la littérature

○

comme Œuvre

目次

L'abécédaire de la littérature

字母會

O如同「作品」

comme Œuvre

楊凱麟

作家想要創作作品，但寫出來的永遠只是書，書並不等同作品，因為作品完全以不同於任何已知事物的方式存在，它只能無比怪異、無比拗口與「無能」地被表達為「不如同任何存在事物發生之物」，純粹的創造與純粹的虛構。傅柯說：

打從被謄寫到這個仍潔白的表面起，每一字詞與文學的關係都是令人絕對失望的，因為毫無任何字詞從本質與自然法則上屬於文學。實際上，字詞被書寫到必須是文學頁面的白紙起便已不再是文學，因為每一真實字詞都對文學純粹、空白、空洞與聖潔的本質越界，致使所有作品絕不是文學的完成，而是其斷裂、崩塌與圍籬破裂。

作品從不是確定與清晰之物，因為它不屬於已知，即使是其盡頭與終局。它不是問題的閉鎖與取消，相反的，作品必然指向「開始的暴力」，在作品中的每一時刻都重置一切，都對文學的已知元素重新質疑，都意圖重新啟動「開始」，並且在這個「開始的開始」的無盡迴圈中，有著特屬於書寫的孤獨。

《追憶逝水年華》以數千頁篇幅所欲迫出的，不是書寫的終點與封筆，而是在無盡語言中電光火石的「雷擊般開始」，小說敘述者念茲在茲但卻始終未曾給予的「作品」！敘述者最後說，「該是著手撰寫這部作品的時候了」，但幾頁之後小說旋即結束。作品因此從未真正在場，或者它即將開始於書中最後一行，在最後的句點之後，而一切字句同時在此被點燃，並如同鏡像折返般映照著「將臨的作品」。

普魯斯特實際書寫的僅是一部「將臨作品」的計畫，但這部作品並不真正存在，它不存在因為一切存在之物皆不是、皆不像與皆不真。書寫因此只維繫在文學的迫近門檻上，在不可能作品的最初開始與總是缺席作品的原初在場。文學書寫（或者「外書寫」）是為了從語言的「域內」遙指「域外」（每一真實字詞都對文學的本質越界），為了能最終（在真實作品句點之後的開始）映照這個純粹虛構的不存在空間。《追憶逝水年華》因此是「作品計畫本身成為作品」，文學空間的發生來自這個「被倍增的空間」，但此空間，虛構的與虛擬的，不真正存在。這是何以布朗肖說，「那只能倚仗於作品者，倚仗於空無。不論他做什麼，作品都由他所做與他所能做之物撤離。」

書寫者獻身於對不可能開始的無止盡尋覓之中，作品在哪裡，書寫者不知道也無能為力。但這不意味文學就是棄絕，而是內建於文學中對不可能性的至高肯定。

L'abécédaire de la littérature

字母會

O

作品

comme Œuvre

胡淑雯

那個在大學教書的傢伙，指著小覓的鼻子說：妳竟然以女作家的身分去走秀。大學教授是以「女性主義」的立場譴責小覓的。她將自己視為小覓的同路人，一旦發現小覓有失責或自失立場的嫌疑，就自認有資格舉發或批判。問題是，小覓幾乎不認識她，也不曾在過去親歷的那些艱困的戰役裡見過她。她是這樣的一種典型：出國留學見了世面，領著換掉的腦袋回國教書，久而久之，就成了某些場域的先進。明明是個滯後的人，卻以為自己擁有先見之明。小覓與她在朋友家裡聚過一次，看了電影《齊瓦哥醫生》，她記得這位教授對拉娜的評論：不過是個被男人左右的女人。這種簡化事物的能力，在小覓看來，帶著令人驚心的暴力。但拉娜會原諒她的。大小姐見過的世面畢竟有限，僅限於明亮尊貴的那一面。

關於「走秀」，小覓知道她指的是哪一件事。幾個月前，小覓確實穿上一件不屬於自己的衣服，在攝影棚裡讓人梳了頭，打了光，拍了照片。小覓試圖解釋原委，卻一再被打斷。

「這就是走秀。」對方很堅持。

「我沒有為任何一個品牌走秀，」小覓說，「那是一張作者照片，妳有聽進去嗎？」

但教授並不想聽小覓的故事，她對細節沒有興趣。

「我在洗頭的時候，翻到了那本雜誌，一看就是走秀。」

小覓很想回她，我很少上髮廊洗頭，因為那很貴，但是小覓只說了，「那是一張靜止的照片，現場沒有伸展臺，編輯告訴我，那是在拍攝作者的肖像。」

「這就是走秀。」

好啦，隨便妳啦。小覓簡直要笑出來了。笑她一再重覆，重覆得過分嚴肅，倘若她曾經體會生存與荒謬，或許就能懂得，嚴肅並不會讓人更靠近真實。一個大學教授把一個賣字的女人當作監督的對象，恨恨地說，妳不准賣色，不可自甘墮落。彷彿小覓是她的誰，欠她一只婚約或獎章什麼的。

那是去年底的邀約。一份女性雜誌打算製作一輯「女性與閱讀」專題，向小覓預約了一篇稿子，五千至七千字。對小覓來說，這是一個面向大眾的發表機會，也是一份優渥的稿費。截稿前，負責連繫的編輯寫信來，要小覓排出時段進棚拍照。小覓說不必麻煩了，自己可以寄一張照片過去，但是對方說，「我們很看重視覺，怕照片不合用，已安排了專業的攝影師……」進棚前幾日，對方再來一信，「請給我妳的尺寸，要跟廠商借衣服。」小覓說，可以穿自己的衣服。對方說，「我們邀了五個作家，五篇稿子，這是年度特刊，文字作者的肖像，要建立統一的視覺風格。」

到了現場，衣架上果然一排色調優雅的灰，各種層次的灰。走近一看，是大名鼎鼎的 Christian Dior 以及，現場工作人員向小覓解釋，同一個代理商進口的Chloé。雜誌出刊後，好朋友黔南打電話來，調侃著，「妳身上那件Dior好貴。」想也知道，小覓反問，「快告訴我那件多少錢？」黔南回了一個精確的數字。

「妳怎麼會知道價錢？」小覓問。

「這些資訊就直接打在照片上啊。」

「少來了，」小覓說，「證明給我看。」

「妳沒收到雜誌嗎？」

「還沒啊。」

黔南拍了照片，把檔案丟給小覓。

「幹！」

「難道妳不知情？」

是的。小覓並不知情。

「妳被人當成展示架了，」黔南大笑，「果然是個賠錢貨。」

「那不是作者肖像嗎？」

「那確實是作者肖像，只不過順便展示了衣服，而且這衣服未免太大了，」黔南說，「事情或許要反過來看，是那件衣服在穿妳，使用妳的身體，妳的臉，與妳的名字。」

一件昂貴無比的毛料大衣，竟還要附身於一個買不起這種衣服的寫作者，來擺脫流行，擺脫金錢崇拜的負擔？難道，再怎麼美麗貴重的物質也不夠自信，需要「靈魂」的妝點，無法單單倚靠無上的物質力量獨立於世？如果缺少靈魂，那就去找一個，愈高貴的愈好，而免費的更好，畢竟，一旦涉及金錢就不高貴了。難怪黛西要哭。——《大亨小傳》的女主角黛西，面對取之不盡用之不竭的華麗絲綢，落下的是眼淚而不是歡笑。笑就貪了，就淺了。她啜泣著說這些衣服太美了，我好感動。可以在貴重的物質面前表達審美之感傷，卻不好為物質本身所體現的金錢力量，表達最單純膚淺的雀躍。

高級時尚販售的是美感與記憶，不是金錢與享樂，也許作家的時尚功能就在這裡。

「妳想太多了啦，」黔南說，「人家怕你們不會穿，或穿得不好，跟廠商借衣服以確保雜誌的品味。人家可是時尚雜誌吶。」

「我要去抗議，」小覓說，「竟然在我身上標價……」

「東西都印出來也上架了，已經來不及了，」黔南笑小覓，「不如跟他們要求演出費……」

「那我可以告他們嗎？」小覓問。

「可以啊，」黔南說，「但是整個編輯部，包括他們的讀者，都會笑妳分明沾了那件衣服的光，卻自以為比那件衣服高尚。」

問題是，他們真的欺瞞了小覓。他們沒有事先讓小覓知道，編輯臺會這樣處理。

「他們不說，是因為沒有必要，」黔南問，「喂，妳到底有沒有讀過《ELLE》啊？」

「只有在剪頭髮的時候翻過幾次，」小覓說，「我很少上髮廊啊，《ELLE》、《VOGUE》、《BAZAAR》、《美麗佳人》……都一樣，這種雜誌太重了，誰會花錢去買一本可以把手折斷的大型商品目錄啊？我還寧願讀《壹週刊》呢，又輕又好看，而且很髒……」

「既然妳說沒人讀，那妳寫什麼呢？」

為錢寫呀。小覓說，「為錢寫，為作品寫，對我來說是同一回事，做的是同樣的事。」一樣盡可能將自己給出去，只要給得夠深夠遠，就能認識自己的局限。

「這種類型的雜誌，都是這樣做事的，妳不知道嗎？」

向廠商借衣服，在攝影棚裡打光、拍照，標示衣物的品牌與價格，做為回饋。

「這是他們的標準作業，」黔南說，「在他們的認知裡，所有正常的女人都應該具備這種常識。」

可見，那位大學教授比小覓更有常識。因為她不需要自己洗頭。

那篇小說刊登了，刊登在那本時尚雜誌的年度別冊裡，標題是，〈沒有人知道〉。編輯沒有主動將這本別冊寄給小覓，事實上，小覓連雜誌的本體也沒收到。當小覓主動索取一份拷貝時，得到的回應竟然是，沒有存貨了。據說，小覓那篇七千多字的文章裡，穿插了一系列女性保養品的簡介，有商品照片，有品牌標識，不確定是否也標了價格。但是小覓沒有收到任何廣告費或演出費。不過這樣也對，畢竟，小覓從來不曾為那些商品工作過哪怕是一分一秒啊。問題是，小覓始終沒有收到自己癡心期盼的那筆稿費，就連一塊錢也沒有收到。

昨天，存款降到四位數了。小覓自報社辭職，投入寫作至今，算來已整整三年。像這樣窩在咖啡廳裡讀書、做筆記，看著幾張熟面孔日復一日在相同的幾個座位，將昨天的日子從頭到尾複製一遍，有時會感到一陣恐慌。眼看時光就這麼伸出爪子，爬過成片的皮膚，留下斑痕、黑影、慢性疼痛、與膨脹的虛空，此外就沒有什麼可說的了。

鄰桌的女人正在整理發票與折價券；再隔壁的豎起平板電腦，往電視劇的下一個十集邁進；手握塔羅牌的瘦子，悶聲咒罵著臨時取消預約的客人；兩個老頭為了一支股票的走向激辯滔滔，攤開各自的曲線圖；唯一的圓桌在談論教會與婚姻；業績清淡的保險員在手機裡打怪，一杯冷掉的咖啡怎麼也喝不到底。這是一間便宜的連鎖店，只要臉皮夠厚，大可以將一杯咖啡的時間無限延長至日落夜深。別人眼中的小覓，大概像個畢不了業的研究生吧。

偶爾，小覓會懷念上班的日子，手頭寬裕的日子，尤其當她看中一件素麗的大衣、或一雙舒適美麗的鞋。然而此刻，纏繞小覓心頭的，是一則惱人的流言，大意是：某某靠著與重要主編的性關係，獲得了不當的機會、不該有的發表機會。

小覓知道這則流言是假的。因為自己就是傳言中的那個某某。

早前，小覓在一場午夜的細雨中，意外撞見一則潮溼的祕密：一樁不合法的戀情，在夜風的戲弄下，溢出了雨傘的遮蔽，在賓館的霓虹光點中跳動。小覓靜靜躲開了。由於事涉所謂「文壇名人」與當事者掌握的資源，巧遇這種事就像撿到珠寶盒，只會替自己帶來麻煩而已。小覓默默守護著別人的祕密，守護至連當事人都不知情，簡直「方正」到可笑的地步。這樣的小覓，在不該嚴肅之處過分嚴肅的小覓，要如何澄清「自己的」流言呢？尤其麻煩的是，那流言的發動者，似乎生著一種難堪的心理疾病。我可以在嗅到危機的時刻，出言暗示這人有病嗎？小覓如此自問。——不夠輕盈也不夠邪惡，可見我不是天才。小覓想。天才不怕惡作劇。有些人是這麼說的。天才對邪惡瞭若指掌。

小覓在賓館外撞見的那個名人，恰恰是，流言中與自己相涉的那個主編。可見她背了黑鍋。倘若真相傳了出去，她就乾淨了嗎？只怕事態加倍混濁而把自己弄得更狼狽吧。

那個在網路中不斷追蹤小覓，咒罵小覓的人，為何對小覓產生這樣的想像呢？「靠著跟主編的性關係……」這樣的評論，又為何那麼令人害怕呢？小覓自問：我之極力想要自清，是不是因為，我看不起靠身體吃飯的人？難道我對性交易，其實是有批判的？——小覓拿著這些問題去跟別人討論，順勢澄清了流言。迂迴，狡猾，跟她筆下的角色，那些不徹底的人，倒有幾分相似。

小覓缺乏自信。她之所以害怕那種流言，是因為，她害怕自己沒有才華。說一個女作家靠的是性，並不是在肯定她的性魅力，而在否定她的創造力。這才是真正的困局。光是有敏銳的感受力，是無法存活下去的。無法存活的不是作者，而是作品。這樣的自我懷疑，讓小覓寫得很少，就像怕路的人走不遠。

回到攝影棚裡，為《ELLE》拍照那一日。小覓輕輕拍了薄妝，披頭散髮，潦草赴約。依照美式影集的暗示，小覓不需要打扮，這類時尚雜誌會主動替作家安排髮型與化妝師。顯然小覓被誤導了，沒人幫她弄頭髮。造型師倒是有一兩個，香港人，但他們疏懶而被動，大概不是來伺候小覓這種人的，簡單替她做了眼妝，將凌亂的卷髮向後梳，綁成一個髻，造型就定了。現場有總編輯，主編，與小覓聯繫的執行編輯，攝影師與打光師，兩個助理，那組香港來的造型師，幾個來來去去的行政人員，嘈雜忙碌間，聽到有誰提起「中國風」，「這一期走的是中國風」。

小覓暗中觀摩早她一輪拍攝的那個作家，她身姿被擺弄的方式，隱隱感覺到，事情好像不只拍攝作者肖像那麼簡單。然而那是什麼？又說不上來。小覓的眼睛被妝點成眼尾上揚的鳳眼，兩頰上了圓圓的腮紅，跟一般的妝好像不太一樣，略帶戲劇性，彷彿在揣摩別人的情緒，別人的身分，別人的臉。攝影棚裡種種無聲的計畫，空間中曖昧的強制性，令小覓提出「我不要穿裙裝，也不要貼假睫毛」這樣的要求。他們說，沒問題，此外再無其他。小覓再一次，被現場的流暢機巧排斥在外。沒人跟她提起剛交出的作品。沒人在乎她寫了什麼。他們關心那件衣服，勝過她的作品。衣服不合身，要改，該修改的是她的身體。她懷疑，現場沒人讀過她剛出版的那本書。

如果積極一點，拿出寫作的精神去懷疑，或許可以在拍照現場，把一切逃避語言的事情弄清楚。弄清了，她才能選擇做或不做。也許，她害怕說破。一旦破局了，自己辛苦寫的那篇稿子，就必須撤出這個計畫，連帶得罪一幫編輯。大概因為這樣，她不敢相信他們，卻也不敢太懷疑。在朦朧之中曖昧地成為那個被決定的人，比較沒有心理負擔。她需要這筆稿費，也看重這個發表空間。

她沒有拿到那期雜誌。手上的那一本，是黔南送給她的。翻到自己那幾頁，審視自己的樣貌，確認不比想像中可笑，便再也不想看第二次了。五名供稿者各據五種造型，此外另有第六人，他是唯一的男性，而且沒有穿上廠商提供的衣服。他是一個寫詞的人，名氣大，收入也大。他的身上沒有標價，也沒有標誌品牌的文案說明。他穿著自己的衣服，不需要改變自己的樣子，成為自己不是的人。最重要的是，他的頭髮很好看，那組造型師是為了他而守候在現場的吧。因為成功，因為名氣，他得到了赦免，得以例外於遊戲規則。不，不只這樣。他不會穿上那些衣服的，除非廠商付錢給他。

後來，小覓對人講起這件荒謬的事，幾天後，竟收到《ELLE》總編的來信。總編在信裡致歉，並且說，要將當時沒給的稿費補上。但由於事隔久遠，編輯臺已經換血了，必須由小覓提供具體的資料，方便會計作業。這樣的要求也許並不過分，對小覓來說卻是強人所難。因為這意味著，必須將書櫃裡封藏的那本雜誌取出來，面對難堪而愚蠢的回憶，重新確認那是第幾期，計算那篇稿子的長度。檔案已經銷毀，當時賴以寫作的那臺電腦早已報廢。一個月過去了，小覓沒有回信，對方似乎也沒放在心上，不再來信追問後續。小覓不禁要想，難道他們就不能主動去清查，直接把支票寄給我嗎？竟然還敢問，當時的稿費是怎麼談的？

小覓寧願不收這筆錢，也要保留這份屈辱。至少，屈辱是無法對價的。假如讓對方欠到底，那麼，除了錢，他們也該虧欠了其他的什麼吧？寫作本是對生活的背叛，既然對生活如此不忠，那就別奢望兌現了。

L'abécédaire de la littérature

字母會

作品

comme Œuvre

陳雪

訊息一：

李小姐妳好，可否請問妳曾住臺中市嗎？因為我爸爸拜託我找一個叫李雲的作家，本名是李美雲，但他只給我這些資訊而已，如果妳是本人請妳回覆我，如果不是也請妳告知我一聲，謝謝妳，不好意思，打擾了。爸爸從來沒有拜託過我任何事，我希望幫他找到李雲作家。

訊息二：

我爸爸說與李美雲小姐是很久以前的老朋友，我爸爸近期搬家無意間看到李小姐寫給他的信，令他又想起這位好朋友，但已多年沒有聯絡也斷了聯絡方式，於是請托我上網幫他找找有沒有叫李雲的人，約四十多歲，老家住臺中豐原，我爸爸說曾在蘋果副刊專欄上看過李雲的名字，所以我想妳有可能是位作家，所以我才在臉書蒐尋李雲名字因而看見妳，剛剛有Google到妳的本名確實是李美雲，也和我爸爸敘述的年紀相符，我想妳應該是我爸爸想找尋的人，我知道我很冒昧，真的很不好意思，但如果妳還記得【江為民】這位老朋友並且有意願和他聯絡的話可否請妳回覆我，萬分感謝妳。

來自臉書後臺的兩封訊息開頭就使她心中一驚，尚未看完全信她已經知道是那人，分別十六年，完全沒有任何關聯的兩人，因這兩封臉書訊息斷裂的時空補綴連接。

他來找她了。

◆

在李美雲長達二十年的創作時間裡，半數的作品都奠基於自己的人生故事，她將生活過的鄉村、小鎮，經驗過的童年、少女時代、青年時光，身邊的親人、友人、戀人，捏塑成一組圍繞著一個女孩身邊的人事物，組成大約七八人的小團體，如同模型屋與模型人偶般，在一次一次的書寫裡，重複地出現，隨著書寫漸次地成長，這組人物中，江為民是她書寫過最多次的人，甚至連毫無自傳色彩、純粹虛構的小說，江也化身成虛構人物出現，李美雲曾將他寫成一個高大如花崗石雕成的粗獷黑道男子，也曾書寫成一個蒼白削瘦、陰鬱憂傷的男人，以及其他不同面目、形象的人物，他的職業時而是罪犯、時而是浪子、時而是粗工，年紀則在三十五到五十五之間起伏，李美雲總是寫他，但卻將他寫成不是他的那種人，李美雲一次次摹寫的是圍繞著江而生的幻影，在這些幻影裡，他每一次都愛她，作品裡的江化身成各種名字，無論是何種角色，無論多麼凶狠、孤寂、冷漠，總有個使他無力抗拒的女人，命定一般出現，那是由李美雲自己衍生出的數十個女主角（或敘述者），小說裡，不是他的他，愛著不是她的她，像一種宿命。

寫作可能是種代償作用。李美雲花費那麼多心力去描繪他的愛，肯定是因為現實裡感覺被愛得不夠多，不夠確定，在那些漫長的書寫過程，她一次一次描寫著他的愛，彷彿就能真正被愛過，多年後的此時，李美雲依然無法估計江與她之間誰愛誰更多些，「他真的愛過我嗎？」作品裡的愛太濃烈，顯得人生太淡，作品裡那麼理所當然地被愛，顯得人生寒磣。

一九九九年最後一次相戀，是李美雲提著行李離家，與江同居三個月之後，她又提著行李在半夜逃走，李美雲以無可轉圜餘地的方式逃離，那樣的傷害如最後一擊，將兩人牽扯不斷的關係擊碎，使她認為一生中不可能再見到他，這個不可能，讓她能放膽無盡地書寫，盡情地寫、編造、創作他，彷彿他是一口不會乾涸的井，是一座能將任何事物投入的深湖。她想要什麼回應，就自己創造。

她知道他不會讀。或者，她等他來讀。

江的生活日常裡，讀書嗎？看報嗎？會上網嗎？都是謎。

幾乎，她生命中真正愛過的人，都交往兩次以上，她能清楚記得那種循環、再三確認的過程，與這人第一次的戀愛失敗，多年後再來，確認失敗，才安心、或死心。

李美雲的愛情幾乎都是不斷地迴旋，她目前安定下來的對象P也是多年前相戀分離，幾年後重逢，私定終生，而後就像尋常夫妻那樣，同居到現在。當時她以為P已經是源頭了，所有愛情問題一一解決，都已盡力到不能夠為止。

她不能去愛她沒愛過的人，她無法放下她已經離開的人。

她只能重複地愛，重複地寫，在那些看似「吃回頭草」的過程，愛的意義，生命的價值，被重複演練、反覆出現的相處、相戀、分別、傷害、思念、痛苦、糾纏、等到重逢時透過如倒數計時般的相處兌現出來，所有情分用盡，分離才真正到來。「只發生過一次的事等於不存在」，她的愛都需要重來。

源頭之外還有一個江為民，她驚愕想到，對啊，可是江為民不算，他已經是被除名的人了，不在這必須一一重複確認的名單，或者說，她認為他們倆已經一次、兩次、三次，反覆再反覆確認過了，沒辦法相處，不可能相守。無論多深的愛，無能落實。

分別後他的人生日常，做什麼工作？住什麼地方？過著什麼生活？愛著什麼人？與她無關。

她時常懷疑自己有個部分已經遺留在那個屬於他們的時空，像太空艙的某個破損脫出的殘骸，於蒼茫太空裡浮沉，你不能說它不存在，卻也不能肯定它還在。

他女兒在訊息裡說明，「我爸爸完全不會上網、不會用電腦，也沒有用智慧手機。」就如當時，他是與語言、文字、小說都無關的人。

那兩日間，李美雲與江的女兒江彤彤反覆通訊，好像如今已經三十一歲、未曾謀面的女孩彤彤是她與他之間僅有的關聯，是一根可以連通過去與未來的天線（是網路，現在什麼都是無線的了）。李美雲因為陷入時空錯亂中而徬徨無助。

他女兒說，「父親現在一個人住。」

什麼意思，當年那個女人離開他了嗎？

「父親獨自一個人住在豐原市區的套房裡。」

套房？她心中翻湧出的是許多畫面，那棟河邊透天厝，院子裡的兔子與天竺鼠，頂樓的鴿子，他是那種腳沒踩在地上就不感覺安心的人，套房怎能住著他？她心中湧起他落魄的境況，一陣心酸。

「他前陣子開刀，身體也不太好。」「因為身體不太好，沒有喝酒，脾氣倒是好了很多。」彤彤說。

身體不好是什麼意思？生病了嗎？不能喝酒是因為什麼？她一封一封訊息去問。

透過形形交換手機號碼，約好隔天晚間八點由李美雲主動聯繫。李美雲在P面前打電話給江，約好的時間是晚上八點，七點五十李美雲就握著手機等待，二十年前他們相戀的漫長歲月，彼此都沒有使用行動電話，更遑論臉書、智慧型手機、Line、facetime這些東西，在失去聯繫的日子裡，她不曾想過要動用網路這強大的功能來搜尋他，他就是那種不會存在網路上的人，網路上卻有許多李美雲以他為藍本書寫的小說，那些不是他的角色，李美雲的創造之物。

手機響了幾聲才接通，「ㄨㄟˊ」尾音上揚，ㄟ的音拉得好高，那是連夢裡都不曾出現的聲音，沙啞、鼻腔共鳴、是他，就一個音，她知道是他，從前的從前，每次深夜裡他打電話來，一個音她就能知道他是否喝酒了，清醒或酒醉，今天亦然，他清醒著，或許也是因為他女兒的訊息裡寫著，「他戒酒了，脾氣也不像以前那樣不好了。」當時李美雲認為，他女兒彷彿在替他拉票似地。

「是我。」李美雲說，就這兩個字，命令一般，她曾經深信這兩個字能奪走他的神智，繩索似地吊住他的魂命，是我，等同於說，你來，當我呼喚你，你必須出現。曾經是這樣的，她任意出入他的生命，直到再不能夠為止。「別再找我了，沒有妳我也不會死。」那是他對她說過的最後一句。那樣的江，已經不再恨她了嗎？

不再恨是否意味著不再愛了？

他沒回過神來，「是我啊！」她幾乎生氣了，但又苦於無法說出自己的名字而著急，整整三十年，她從沒在他面前說過她自己的名字。她的名字在當時，是一個禁忌。

「ㄡˊ，是妳。」他像是突然領悟了什麼似地笑了。

「你女兒寫臉書訊息給我。」李美雲說。

「對啊，前陣子在日報上看到妳的專欄。」他淡淡地說。「那個專欄我寫九年了，」她賭氣地說，九年了！「我出了好多書。」她沒想到真正開始對話自己還是那麼任性，彷彿這些年的失聯都是因為江不讀書的緣故。

他沒提到那封信。一封或數封？他都留著？她以為在她留書出走時，那些於爭吵時刻，於自己吶吶說不出話來，無法將心中所想訴諸語言時，那些在失眠的夜晚她抱著棉被到書房躲著，用原子筆在白紙上艱難寫下，企圖使他明白她的信件，她記不得內容了，是他說過「妳不要用寫的，妳寫那些，我看不懂」的書信，他都留著。

「好久不見，妳好嗎？」江問她。僅是這樣一句尋常的話，如此發生，像中間不曾經歷過那麼多悲傷，「我很好啊，你呢？」不想多年後她能如此輕鬆回應。她耗費多少小說篇幅去尋覓、揣摩、假設、懷想的重逢，每一次都像是途中偶遇，她被他不發一語地抓走，投擲進她無能適應、也無法逃脫的夫妻生活。

電話裡他們斷續寒暄，江輕聲笑著彷彿能聽見她就是最大的快樂。

「妳結婚了嗎？」他問。

「算是結婚吧，我還是選擇跟女生在一起。」李美雲說。

「幸福就好。」江說。

寒暄的電話談及他的手術（因長期勞動脊椎受傷）、工作（搭鷹架改行當保全）、酒駕（呵呵不該喝酒了啊，前陣子才被抓進去關了一夜），無論談論什麼，江始終帶著超越李美雲能夠想像的輕快語調，每一句話都進一步解除她的心頭重擔，即使潦倒、孤獨、老病（或許沒那麼悽慘），江彷彿已經可以逆來順受，絲毫沒有自憐或傷感（畢竟我沒有毀了他）。

「我都當阿公了啊，嘿！我有兩個孫子。一男一女，很可愛。」江說。「難以想像吧，我當阿公。」江傻氣地笑著，語氣裡有種安慰。

他們終於可以還原成無傷無恨的尋常熟識了嗎？

唯有在掛上電話之前，江語帶傷感地說：「這麼多年過去，如果我們在街上相遇，妳不會認得我，我也不會認得妳了。」

「才不會，我都沒變！」李美雲抗議地說，四十五歲的她發出二十五歲的嗲聲嗓音，她維持著年輕時的體重與身材，可是，她的臉都垮了，線條被歲月切過，蒼老與磨損都寫在她失去膠原蛋白變得薄脆的皮膚裡。那麼長時間搭鷹架、出入於各種體力勞動、被菸酒檳榔損害的江的身體、外型，這副肉身，可以蒼老到什麼模樣，會不會已經禿頭？駝背？缺齒？臉頰深陷把曾經的瀟灑全消磨殆盡？倘若擦身而過，她能將他認出來嗎？

「有空路過豐原就來看看我。」江說。「好的。要多保重。」李美雲暈乎乎地回答。和解帶來的釋放感覺如酒醉，使她泫然欲泣。

掛上電話，她感到疲憊而放鬆，身體與頭腦像是進行了長途跋涉，又像被時空激烈地拗折過，她突然不知身在何處，眼神渙散，無能說話。

P好像得知她心中的強烈起伏，輕聲說：「來這裡。」李美雲躺靠在橫臥於沙發裡P的身旁，P雙手環抱她，李美雲百感交集，久久不能說話。

她幾乎睡著了，方才的說話聲，那些短暫言談裡沒有被觸及的過往，有什麼該說、沒說、不能說、不想說、不需要說的，無形的話語像潮水把十多年的內疚、糾纏、擔憂、悔恨全沖走，她遺忘了所有真實發生過的，甚至是上一分鐘與江的交談。在近乎睡夢的空想裡，她又任自己回到小說裡曾經書寫過的畫面。到底是真實發生，或虛構而出？不重要，重要的是被記錄下來的一切，成為了她與他，或她與這世界（身世，童年，家人，戀愛，傷害，修補，救贖）、因為重複而構造出的真實。

他來尋她已是多年以後，而她卻真確地在作品裡一次一次尋找過他了，悲哀的是，多年後她才理解自己離開的理由，她不是那種可以成為賢妻良母的女人，她全部的生活都即將貢獻給寫作，但他們的愛太濃烈，如果她不逃走，她會因為這份愛而成為被困在日常生活裡、被困在那個河邊小屋裡，因愛而失去自我的女人。

突然那些畫面又都變成文字了，夢境般咻一聲把所有感受都抽乾、吸掉的什麼，瞬間讓空氣裡的摩擦全都消失，陷入真空。

「妳寧可寫那些，也不直接跟我說。」江總是埋怨。

這些那些所有過程她都寫過了，但她還是不確定，因為過度書寫而造成的磨損、偏差、歪斜對自己身處的世界造成什麼改變，甚至，會不會是因為可以造成這些磨損、偏差、歪斜，她才成了一個作家，她能夠無止盡地從已經「發生」了的時間裡一再盜走她想要的，重貼、改寫、複製，一再一再地，將已經「凍結」的「事實」，變成無數個「開放」、「不確定」、「可以更動」的「故事」。作品。是持續不斷變動的過程。此次的作品覆蓋著上一次，現在覆蓋了過去，過去改寫了曾經。不會停止，沒有確定。被寫下是為了等待改寫。

生出一個作品，是為了修改作家本人，以至於可以創造出下一個作品，作品將作者打造成更接近他自己想要的模樣，以便生產出自己最渴望的作品。如此反覆、循環、沒有終止。

是啊她曾多麼真切地描繪，分別那日最後相處，陽光傾斜，照耀於那一片被兔子與天竺鼠啃得光禿的草皮，他靜坐在那個紅色的圓桌上，背影看起來像是拒絕任何溝通，他以沉默對抗對她的不理解。他會繼續沉默數日，直到懷疑煙消雲散，而她等不了那麼久，必須留書出走，她靜靜看著他的背影，心裡大喊著：「我要走了，你全不知道。這次是最後一次了。」

作品是墓碑、輓歌，是星空、黑洞，宇宙，是一個人愛過恨過的全部生命。是所有恐懼與欲望的集結，是美夢與惡夢的總和。是她要對江（與所有情人）說出的最完整的話。

是此刻靜躺於沙發上被包容、寬諒、原宥化成的大海。

那些如海的文字終於撥動了時間刻度一格，她知道某些人的生命被改變了。

L'abécédaire de la littérature

字母會

作品

comme Œuvre

童偉格

新世紀某天，我恍然領悟到，至今我讀過的編劇教科書，大致都是在以不同的方式，推證這同一件事：對大多數人而言，太簡單的故事，與太複雜的故事，都是不好的故事。我明白所謂「編劇學」，是一門講究怎麼合宜排序與挖洞的學問：關於劇情的形構，如果沒有一個明白的因果序列，整個陳述，會顯得鬆散而闕漏；但反過來說，如果在每個場景裡，缺少伏筆的配埋，著有深意的留白，整個陳述，會就像是一則著毋庸議的謊言，一點也不值得相信。我理解到，從這審酌力學平衡的學理看來，如果我想陳述的，只是簡單的符旨，那麼，我起碼得將層層符徵，組裝得超乎所以的繁複。所以，請你就將我想說的，當作是一則關於空屋與鬼魂的故事吧。這樣的命題，說不定更合宜。

不知道為什麼，有一段時日，我聽到的每個鬼故事，都和空屋有關。例如：有這麼一幢出租大樓裡的一間套房，剛搬進來一名新住戶，每晚臨睡前，他都會聽見透牆傳來撕扯膠帶的聲音，從深夜撕到破曉，吵得他睡不著。

他到處家訪，四方探詢與央求，請芳鄰莫再夜半撕膠帶，但皆不得因由。多日以後，他才輾轉問出：原來，左近不遠另一間套房，如今無人租住了。在那之前，有個陌生人在裡頭自殺死了。死法是燒炭，燒炭以前，陌生人用膠帶，把房門，窗格，所有能透氣的孔縫間隙，都鉅細靡遺封死，將房間纏繞成單人密室。這就是新住戶，每晚透牆聽見，永劫重播的現場音訊。

關於這則聽曉一名困在自死現場的亡靈的故事，後來是怎麼發展的：是活人被嚇得徹夜逃亡；或者，是那隔牆同歷的機緣，那更多一點的聽聞意願，使故事導向某種形式的水陸法會（你知道，某種業消智朗，障盡福崇，受悲憫的終於被悲憫地懺送了的，這類事關療癒的古典敘事），老實說，我記不太清楚了。這是我的毛病。不知你會不會，但鬼故事常使我分心，陷在一些無關緊要的細節裡。例如，我實在很想弄明白，在那有鬼困守的異次元裡（我假設那是已被清空了的原初死亡現場的，某種維度的鏡像），那鬼每晚拿在手上反覆撕扯的，到底是什麼。莫非，竟然是膠帶的靈魂。

這麼一想，這整個故事裡最不堪的，其實是那綑每夜每夜，被扯得嘶嘶響的膠帶：「生前」，它被製造成無生命之物；「死後」，卻被利用為可受反覆刑拷之靈。我不知道怎麼有東西會這麼慘。我大概就是因此走神了，所以沒留意故事後來怎麼了。

對了，你應該不記得我了，畢竟十幾二十年來，你的工作是看人，一位位排起隊來，可以環繞世界好幾圈的一長串人。所以說來，對你而言，我們碰上比從來就遇不著正常，而見過後你立馬就忘記我，也會比還記得我正常。我正好相反，猜想日後許久，我還會記得昨天，有那麼十幾分鐘，在一個下雨的窗邊，我問了你關於颱風的事（天氣是面對陌生人時，我能想到的，惟一合宜的話題）。我是個糟糕的聊天對象，所以格外謝謝你的耐心，告訴我許多細節，讓我更加確知：有個超級強颱，停在外海很多天了，看不出登陸傾向，甚至測不定方向，只知它正劇烈而龐然地，在原地躊躇。

今天，天剛亮時，當我醒來，從酒店十五樓高度眺望，你的城市果然下著雷同昨日的雨。依舊無風，雨長長直直，不彎不撓，程式設定好了般，準確走過眼下的四線大道。這整個國家裡，最早挖掘的現代下水道網絡，顯得就如昨天那樣失能。大道像淺溪，天剛破曉的此際，我只看見一輛自行車，整個被騎車那人的雨衣給包裹。那人看不清臉目，姿態古意，慣於風雨般，一步步滑過無人的水體。那使我樂觀相信一切無礙，就當那強颱並不存在，似乎亦無不可：下午，飛機仍會載我離境，就照表定時刻。

過往幾日，我去看了一些故居：人們各自臥病，辭世的場所；你知道，此城舊區的特產。雨中，香樟夾徑，樹體被渲染得深沉，襯出葉的翠綠，那是惟一鮮活的遺物。據說，其中一片低矮於一切樓屋的綠洲，曾是舉國譫妄於大革命時，少數安寧遠勝墓園的禁地之一。綠洲裡林木森森，主人哀榮孀居的時程漫漫，令悽悽惶惶的樓屋民眾，好不欽羨地俯窺。在一個颳著強風，一切血字大報都在騰空旋舞的好日子裡，民眾私養在陽臺的一隻瘦雞，預備救命的走肉，像團廢紙那樣被吹飛了。瘦雞好樣的，飛過馬路，越過高牆，空投自己進孀居樹海裡，沒發出半毛錢聲響。

枝葉搖傾，他們看著好害怕。他們關門掩窗，蜷身爬回屋，在角落抱成一團，瑟瑟打顫。過了片刻，一如預感，左近大門被點響了，用一種像是直接敲在他們耳膜上的方式，鞭辟入裡地點響了。這時，他們再次體認到，所謂「門」，就僅是一種抽象概念而已。他們受召去迎接現實，舉頭，就看見綠洲侍衛，監看一切的長官之一，從軍大衣裡倒提出雞，原樣歸還：同一隻因自孵化後即孤自避活暗處，因此翅不能伸，兩眼幽盲，半身褪毛透見骨架的瘦雞，特別好認。

軍大衣食指貼唇，命令噤語。他們感激涕零，為了這件最不需要被提醒的事。生為民眾，他們之中，很少人不知道這樣活著較好：感激與提記一切多餘的，寬宥與遺忘所有會致命的，直到風向流轉，好多年過去，什麼人的死終於成真。忍耐是美德。好多年後，當侍衛撤防，故居成其故居，最被刻意封固與一再張揚的，就是噤語的生活了。在所有那些場所，木造梯級發散百年的溼氣，每架鐘都壞在命定時刻，打字機席捲最後一張紙，書攤晾在未能讀盡的那頁，像惟一發生過的猛暴横斷，就只是無形的天然自身。就像在所有那些場所裡，最矯飾，最乾淨的永遠是房裡某張床，最永恆的此曾在明喻。

當你從那此曾在，一個特意空靜的颱風眼返航，再向屋外走，再重看那些層層環繞的家具，走道與門窗，直到屋外，常態配速的人世時，你說不定會覺得所有日常營生，都有一種倖存的真摯。或說不定，在雨中，密集轉進那些場所內外，看久了你也只是悲傷，好像學會哀悼了。但那很奇妙地，無非是為了與死相反的另回事。

昨日，在小巷裡，我擠在傘海中，等候進入一幢小樓：按規定，小樓一次只容十人，同時入內旋身。在樓外，我觀望各式傘花，錯覺大概，當半世紀多前，小樓主人被整好儀裝，從屋裡被正式擡出時，行過的，就是類同於此的陣仗，只是少了許多色彩。這使我覺得，彷彿自己候見的，是某種重新修復與上色的黑白影片。我恍恍惚惚，走在十人隊伍末端，進入那當時對我而言，顯得像是片廠布景的所在。我驚訝察覺，上限十人的規定還太慷慨了，事實上，當這列人全站進去，小樓從底層到三樓，上上下下全掛滿了影子。

我有點尷尬，因自己無用地高大，這使我必須小心手腳，以免掃滅了史跡，或踏壞了活人。我一邊小心上爬，一邊比對記得的文獻，推敲所有那些戰火中的密會，熱血的著述，以及小樓主人長者般，對心碎的年輕朋友的溫煦勸慰，是以如何高密度，牽掛在這蝙蝠洞般的狹隘空間裡。我猜想，對我而言，整個情況就是這麼莫名既視又新驗，所以在隊伍末端，當我在天井邊，終於找到一面可貼背靠上的閒牆時，一回頭，才留意到全程始終，一直像個押隊衙役，或背後靈般緊貼我腳步的陌生人。

陌生人是蝙蝠洞守衛。見我靠在採光窗一側，與他貼面相覷，他挪動身軀，帶著最省力的表情，用最省力的姿態，靠上窗的另一側。那時，我們兩人就站得像對沉默尚饗的門神了；背後，是直達天聽的天井，雨絲急急緩緩，直墜底層。靜默中，我看了半天，才明白在這成列共構的建築體內，天井的光，是由小樓兩幢兩幢共享的：從我這端的窗，望過天井，能看見隔壁幢小樓部分內景，反之亦然；但彼此間，並無門徑互通。我猜想，在那烽火年代裡，對我這端的，那位機警無比的小樓主人而言，這樣的空間設計，難免是要陷親愛芳鄰，於情治密探的可疑地位了。

我打量守衛，盡可能，用他不會察覺，察覺了也無法在意的方式。我判讀他臉上，那一條條大約因曾過於勞苦而留下的皺紋，所總集成的省力表情。對我而言，那是一種在這國家生活幾日後，我終於慣見的表情。這麼說吧：如果，在這世上，我身處於我明確知道，單單是與我處境雷同的人，就能組成一個小國的，某個很龐大很龐大的國家裡，悠久度過某種被國家無比閒置的，最無變化的類公務生涯時，我就會生出這種表情了。例如：十幾二十年來，無論晴雨，我整天一遍遍從一算到十，一次次貼腳上樓再下樓，我大概就會像他一樣，知道怎麼找到空檔，穿著鬆鬆垮垮的制服，密密實實靠站窗邊棲息了。這想法使我有些恐慌，好像牆都靠不實了。我想抽根菸，大概整個人輻散出這種氛圍，我再轉頭，就看見他衝著我傻笑。

有陌生人衝我傻笑，我只好傻笑回去，然後問他關於天氣了。我知道，很廢的話題。我一面聽他說話，一面數算自己過往十幾二十年。這是個比天氣更廢的話題，所以，請你快速簡單地理解吧：想像有這麼個人，從上世紀最末幾年，直到本世紀全數年頭，皆都活得心不在焉。請看窗外的雨，這麼說吧：具體說來，他覺得每個日子，都像是一顆從天而降的雨滴。我們或會認為天降時，雨珠是呈垂墜狀的，像漫畫裡的眼淚；但其實，若真切逼近去觀察，你將發現每顆雨滴，長得都像顆饅頭那般爆笑：墜落時，水分子在張力強撐起的結界裡，像在滾燙的鐵板上一樣不斷騰挪，極盡奮力，以最大受力平面，去抵消空氣阻力，以求順利下行。而其結果，就是最大面積的碎裂。十分壯烈。

對此人而言，日子有點就像是這麼極盡貼眼，重複經驗完的。某種意義的「似水流年」。熟睡並不容易，全然醒覺亦艱難，大概因此，當目送一個日子過去，對他而言，就像是目送一段時間進入上輩子；大概也因此，當時間無可留挽地碎裂殆盡，在模糊記憶裡，他才知道應當惋惜與害怕了。可能，他也只是這般遲鈍地，妄想從必然渙散的增熵裡，提記一個比實況稍前一點，簡潔一些的原初景觀。如他現在，面對一個耐心跟他說話的陌生人時，他猜想著：十幾年，至多二十年前吧，當這人從工廠被遣散下崗，請菸請酒，花費一番工夫，終於領到故居守衛的制服時，制服應該是筆挺而精神的，就像曾經的此人一樣。那是第一天，你找到一條全新活路，高興到可以忽略之後，無盡磨折意氣的重複。

但你知道的，對你而言，這純粹是武斷猜想：我的訓練要我起碼有能，將一段難免紊亂多憂的生命時程，提記成合宜可信的，明白的因果序列。其中，必然配置外顯動機，障礙與轉折。確切的追求與困頓。彷彿生命是一架速率均勻的紡織機，而我們生下來，就知道該怎麼操作，也滿心願意去操作。

這是問題：我其實只能從我的局限猜想你。然而，其實亦是這局限，使我明白，非常可能，多年以後，當那些重複磨折的日子，總集得更可觀，更逼近你整個生命能被如此閒置的極限值時，將有一群陌生人前來你面前，帶著因比我更知情，因此更武斷的敘事，略過天氣等廢話題，直接採集你對這般此生的結論。

這麼說吧：那是一群調查員，多年以後，在徵集小敘事的場域裡，當舌尖美食等溫情話題被開發殆盡，他們就會來採訪你了。他們將帶來一套新制服讓你換穿，讓你重新精神而筆挺，像一尊不可能的亡靈。我想像那時，從你站立的採光窗，光線直透這個你長久看守的所謂故居，像想像一個範疇不明，原理難解的鏡像；像想像一個沒有重力的場域，在其中，事物的神魂自在漂泊，昔時一切聲音，在遠遞過程中留存，徘徊，卻從不逸離。

我想像你就地，隨你所看守的一起跨過一條防線，轉進到另一個維度裡去了。在其中，你不無詫異地察覺，你置身的，與其說是最後的死亡現場之鏡像，不如說是你所活過的一切時空的總和，一次性的複製，一個沒有始終的，自己的宇宙。人們覺得瑣碎的，吝於聞知的，你對自己生命處境的，誠然沒有精準命題的生疏與試誤，你撕毀的每封書信，悖離的每場誓盟，每次哭泣與歡笑，聲音，影像，所有那些你以為在原本世界，隨原初現場消亡的，現在，在這空屋般的新維度裡，以最碎裂而隨機的方式，在你面前全景曝散。

我想像那時，無論是被賜福或受詛咒，你終將會是你自己的鏡像：關於這個星象全景裡，重複頻率最高的訊息，某種個人生命史的結論，你有感懷，因這感懷而長成特別的樣子。你有一個自己的，特別的表情。你是鏡像的鏡像，是關於自己的完美文本。我想像你複雜到使人完全不知道該怎麼相信。在你的星象裡，你就是壞得這麼好，毫不隱匿，卻讓一切調查員都找不著。這是昨日，當面對你特別的笑容與耐心時，碎裂在我腦海的所有事。今天，帶著我個人的層層錯思，在雨中，我抵達你的城市邊陲，一處沒有任何飛機能順利起降的機場。過境廳堂擠滿人，到處沒有任何關於延航的說明與指引，但很奇妙，這裡沒人覺得需要指引或說明。你知道，在一個很龐大的國家裡，等待是最不需要被提醒的事理之一。

終於，我又找到一處閒牆了。我席地靠坐，覺得自己也生出無比勇氣，可以平靜棲息了。我可以樂觀地，回憶上世紀，所有關於速度的狂想，與畛域嘉年華，例如《回到未來》第二集，或《新世紀福音戰士》，兩個飛揚的二〇一五年。我滿高興的：想不到，我竟也活到現此時，親見昔時預言實證成虛構。沒有光速穿越，自然風乾的外套，使徒降臨，或全星際逆襲。我看現此時，慢得像位直挺的老孕婦，身懷最簡單的機械文明，最固定的路程與困頓，在同一重力場裡獨步向前。我席地靠坐，仰看廳堂天窗，一切光燦，空曠，其中，雨是惟一的遠行者。你知道，它們來自迢遙外海，一程程，一撥撥，到此空降。就像你描述過的那樣。

從一個你理應遺忘的人，寄向你知之甚詳的世界。我就只想回報予你，這麼件簡單的事。

L'abécédaire de la littérature

字母會

作品

comme Œuvre

顏忠賢

老節拍器……一如回到她人生的第一個時光荏苒的詭譎多變畫面的記憶，永遠斜倚她表姊名鋼琴身上頭末端的那單擺歪歪斜斜時快時慢既規則又變換規則的怪異發出聲響兀自晃動震度參參差差的老節拍器……或許就是她這輩子所深深記得到唯一沒有忘記的第一個怪東西。一如她面對她表姊始終有點混亂的過去卻只停留在節拍器怪異聲響中而像是被放入核磁共振巨大機械中顯示的她的眼睛和腦部掃描螢幕上一幕一幕她所回到她表姊的不堪負荷記憶裡的驚嚇過度……

或許，她表姊的出家就像她練琴始終被老節拍器隱隱約約入侵腦葉底層深藏多年之後意外發生事故才突然驚覺喚回的離奇……

她是我的女神……她老想起小時候永遠敬羨的眼神的沮喪的自己一心長大只為了想變成她表姊的充滿希望到墜入充滿絕望。那個表姊彷彿是她小時候的比遠方更遠的最亮眼到閃爍耀眼奪目的海上燈塔，最炫人迷離銀河中最華麗那枚的天空星辰。為什麼……最後光影離散消逝或甚至怎麼可能會如此斷念到離異人間近乎……永遠死滅隕落。

更由於她表姊的光澤是她從小到大的一生投影中最離奇的遠方，甚至，她表姊的炫光幻影對從小始終自卑地注視的她而言，永遠是一種美的極限，一種美的寓言或是預言，她注視的死角中自己那本來的少女情懷的弧度奇美光譜中最深入的光景，寶塚歌舞劇的最令人感動的主秀明星老令人想為之殉情的絕色俊秀主角，美少女戰士中群星拱月最高規格大公主的月光仙子可以永遠維繫太陽系使命令人感動落淚的無比崇拜。因此，怎麼可能……出家了！非常激動的情緒始終無法理解的她心想著說……從小就想去最炫目華麗巴黎的她怎麼可能步入人生最幽微的黯然出家？或說後來真的去了巴黎那麼久的她怎麼可能再回來臺灣近乎消逝一生般地甘心出家？

她終究回想起來更多小時候就很怪異的她表姊的老是令人費解地費心……某種涉世太深到非常問題重重難關深入往往過度大膽的必然擔心。一如她在去巴黎前曾經做過很多人生的更怪異的試探，畫過某種形式太過乖張但是不免存在感太低的怪油畫、去過公關公司還是廣告公司當過創意也當過業務的怪時髦勢利周旋的太過激烈、甚至當過亮眼亮相模特兒拍過寫真集演出過MV電視電影近乎瘋狂招搖兒現過美貌的太過撒野……致力於種種少女們過度好奇花苞待放到盛開驚人地熱烈理解自己人生的試探，然而這十幾年來不斷天真爛漫過度而迅速隕落浮浮沉沉最後終究灰心頹廢挫敗到更後來憂鬱症多年糾纏不休也不斷……

長大以後的她和表姊愈來愈不熟，都是聽姑姑和母親說的每回提到表姊出的更多更怪一如得怪病的怪事，就說千萬不要講，奇怪的是，她好像始終都覺得什麼厄運衰事都有可能發生在她表姊身上但是也都必然會度過難關的沒事一如過去種種……沒想到竟然會有更深更慘的出事終端的這回真的死心地驀然出家。

更無法理解的是另一段怪異現象般的怪異時光……更是為何她表姊出家之前半年一直在找她，應該是因為她虔誠近乎瘋狂的什麼怪事，但是更後來的她卻始終不敢接其怪異偏執表姊近乎天天打來的電話回簡訊或電子郵件的種種。

或許也因為那時自己人生已然到了另一個關頭也異常困難的她後來只好還是以很多理由不斷感謝遲疑推拖，她那幾年跨入另一種不再雷同的凡人涉世已深的心事裹著自己的厚重黏膩人生……只想逃離她表姊彷彿一種仍然一如童年漩渦想吞噬她的可能，逃離永遠都荒腔走板的她表姊一生揪心的麻煩製造仍然好像太過敏感又魯莽的衝動。

愈來愈擔心但是也愈無力的她不再提過種種的可能串聯蔓延擴散種種的有意思的更多細節的時候就是……好像沒電了的或收山了或不想玩了的她更完全沒力回想起她表姊揭露過自己更複雜更深層的對自己一生的太過浪漫的理解而期待更多，但是卻也必須更承認自己已然沒有心力支撐起那種感覺神經失調現象的狂熱起來就像古老浪漫的硬拗庸俗舊派爛動作片激烈廝殺的種種恐怖分子殺手重傷醒來「我不是過去原來的我，而是現在的我做的才是我」那種常常就是失憶醒來所再做的補救壯烈悔恨不已反動策反分裂的再度印證，但是大多時候這種沮喪或是懷疑都只是很小很費解地零星碎裂到一如有個字想不起來怎麼寫而想了好久才想起來過程有點不好意思啟齒渺小的辛苦，有時是因為記不起來而不寫或是想太久之後甚至忘了自己在想什麼字，或是更深地逼問自己到底為什麼還會記得有過那個怪字那件怪事般地對那種自己怪人生的始終懷疑……

為什麼她表姊對自己太過逼人的一生充滿傳奇性的炫光曾經那麼在乎後來卻又那麼不在乎？彷彿她表姊的更後來出事後的絕望更兌現了……永遠無法為外人所知曉更深的痛苦與恐懼。無論如何的偽裝無事……她表姊的出家太過激烈到使沉默近乎死寂以對的她內心深處發寒暗淡到連人生最遠的光暈都甘心承認完全消逝。到底什麼樣的力量可以讓她表姊放棄她炫人如花火般炫目的一生的無限華麗，而甘願落髮剃度放下牽掛地死心出家……到底為了什麼？為了眾生？為了來生？為了更遠的無人知曉的前世今生種種業報因果？為了她無法理解也無法承受的對她們一起長大過的前半生更深刻的某種神祕的近乎神蹟關乎業障果報的說服或解釋？

一如小時候的她表姊永遠可以猜出她的心事重重甚至可以猜出她要講的下一句話，猜出她要講清楚或講不清楚的意思的迂迴曲折，猜出更多她不小心流露的表情底下的尋常思考枯燥無趣或是善意敵意愛恨情仇的曖昧模糊狀態。她或許只是太過夙慧傲慢到不免陷入自己更深自欺演變成自虐的永遠迷亂惡意……

怎麼可能，太離奇，太荒謬了。她始終喃喃自語……或許，業太深的她表姊更後來出過事……可能前半生太過亮麗炫人的她表姊更後來人生步入暗淡的無奈比尋常人更無奈，那時候真的出過什麼更可怕的大事到種種離奇嚴重的差錯到太畸戀地失戀、家人離奇失蹤死亡出事、自己近乎沒命的疾病或是車禍……到無人可能窺探理解。一生完全以不同於任何她已知方式存在的她表姊……永遠比她更誇張離奇的活著地以無比怪異無比拗口地被理解為不如同尋常人生的純粹的創造與純粹的虛構。出家使得她表姊跟她一生的那麼深刻的關係都變得絕對失望，因為都對出家的純粹空白近乎空洞的聖潔本質越界，致使所有她們的一生絕不是尋常的完成反而是其斷裂崩塌與圍籬破裂……業和出家從不是確定與清晰，即使是其盡頭與終局，也不是一生問題的閉鎖與取消，相反的，出家必然指向放棄一生後的每一時刻都重置一切，都對一生的重新質疑重新啟動「開始」。

一如她表姊一生的問題或許根本不是問題……從小到大她完全不像家族女孩長大成人的苦心教養地從來不做家事不掃地不煮菜不守任何規矩到近乎不可能……或許只是她表姊從小就太過強烈地專注，太過專注到離奇地一如她看東西的樣子好像很早以前就知道那些東西，有時陷入安靜不再能夠去學校了，因為可能會害慘別人或自己，甚至可能更因為某些刺激而不自覺地傷害自己。甚至於姑姑小心翼翼地將她房間裡外或許是她人生裡外所有尖銳的東西都完全拿開，她或許只是太敏感或太天賦異秉，但腦子裡容納不了太多太尋常東西的干擾糾纏。

那表姊從小天分太高到近乎不可能地完美，鋼琴彈得太好，功課太好到幾乎不用念就好，她們家族的同輩小孩們完全不能跟她比，甚至要很認真練琴很認真念書才能夠好一點到接近她一點點。但是她的怪異個性從小就非常明顯的和別人不同地差別。一如從小常常哭泣只用很怪的碗只用自己的筷子湯匙才願意吃飯，更憂心忡忡的姑姑就更容忍到她表姊老恃寵而驕得人疼愛到自己房間從來不整理地混亂可怕……長大到青春期叛逆少女時光荏苒的場景就更是疊滿昂貴時髦流行的華麗衣服手袋飾品配件，但是卻從來不折不修任其崩潰邊緣般地混亂……

一如她混亂打扮自己近乎瘋狂到扮妝過種種韓系日系美系歐系任何怪異時髦過的森林系蘿莉塔風重金屬風歌德風ＳＭ風未來風的變幻永遠無法無天……但是雖然什麼鬼衣服都亂穿卻也也因為天生麗質的美麗而竟然亂穿什麼都好看。到了更後來還就放棄所有的過去迷戀而出國還據說是去巴黎念時尚，之後就失去聯絡好久好久到什麼時候回來沒人知道或許有沒有回來也沒人知道。

甚至有沒有去到後來她都很懷疑。一開始她以為是她表姊為了逃離一生牽絆的姑姑或家族或逃離這個她長大困住的一生困難重重的島而逃去法國，為了一生的重新開始。一如小時候的她們一起沉迷於看布袋戲裡容貌極美武功極高卻命運折騰到最後還是流離失所到陷入困境流亡下半生的苦海女神龍。

她表姊永遠近乎神經兮兮地老說她小時候的鋼琴彈奏的時候要很小心，因為那怪異干擾的節拍器雜音會偷偷滲透進去到完全浸泡甚至就完全侵蝕她的腦門。太恐慌的記憶常藏在某種狀態。一如節拍器這個機器裝置可以記錄你回到記憶的碎片散落的狀態，甚至她表姊提過不如為何從小彈奏鋼琴只要有節拍器的怪聲響作伴有時候還竟然就可以彈出太多她自己練不過的大曲子……

然而表姊瘋狂練琴時所用的節拍器那種機械性的無感情聲響近乎噪音的咔咔咔咔晃動震度，卻竟然反而使童年的始終分心的她難得地可以專心。

一如回想起這麼多一幕一幕怪異如惡夢鬼片般的回憶碎片中的她還是一個小女孩始終都躲藏在那一個傳奇發跡的姑丈家非常龐大的豪宅裡但是卻老看到她表姊一練完不花力氣就近乎完美無瑕的琴曲竟然只要不小心再聽到老節拍器聲響就偷偷爬回房間趴在浴室裡低泣嘔吐。一反深住在冗長廊道末端異常複雜房間又異常敏感的她表姊永遠嘲笑她不可能彈入神那些神曲般的大曲子……的洋洋得意恃才傲慢心態的令人厭煩。她表姊也被某種隱喻某種暗藏業報的節拍器的莫名詛咒般的餘緒誘發的什麼所永遠糾纏……

深信不疑節拍器一如某種催眠治療的怪機器般地非常可怕的她表姊長年彈奏鋼琴到後來發現節拍器的怪聲音比所有的琴音更像大師神曲作品般地嚇人又迷人，但是節拍器怪異聲響永遠都更無法理解也無法抗拒地一再跑進她的腦袋裡，她在房間裡面好像有隱隱約約感覺到但是卻也無從逃離……一如她半夜跑進去那個豪宅的巨大客廳發現了姑丈廳中鋼琴身下雷同的太過奢華地毯刺繡的巨大陰沉詭譎彷彿充滿詛咒的古老到斑斑駁駁的祕密教派鬼符籙圖騰……只要又回到了那個老派節拍器的怪聲音她就彷彿進入了她表姊過去某種怪異時光荏苒的餘緒揮之不去的夢魘。

其實更怪異的是太神奇的幼年的表姊就天才般地晉級太過可怕地迅速……小時候老諷刺她的表姊甚至可以一直猜出她要彈鋼琴的彈法，一個音符一個樂句一段裝飾奏一段行板刻意的輕快活潑生動卻內心隱藏的心事重重……更後來自己也練更難更深的大曲子她老是既炫耀又冷酷地喜歡神經兮兮的怪大師柴可夫斯基拉赫曼尼諾夫史特拉文斯基。拿譜給日夜不停地拚命練琴識譜的她看。太多繁複激烈的高音低音裝飾奏音符始終看懂也練不出她表姊的神韻，多年以來仍然費解的她後來拚命想練過而始終練不好而萬般沮喪地最後放棄……但是多年來的午夜惡夢中仍然是充斥著老節拍器所不明單調乏味聲響仍然怪異變奏而驚人地輕易炫技演奏出的各種怪大師的鋼琴獨奏曲練習曲小步舞曲奏鳴曲協奏曲種種神曲般的動人心弦……因為她表姊嘲諷她再怎麼用心用力苦彈的曲子還是從她聽過的曲子的彈法所複製來的，只是她自己想像而永遠需要擔心亂彈曲子會因而虛構自己的回憶而近乎虛假，只是用來自欺到底有沒有心練其實練到最後必然會出事……那回嘲諷意味過深的對話後來令她更為明白自己一生都逃不了這種挫折近乎心碎的複雜餘緒喚回如餘震不可能停歇的災情慘重現場必然永世般地永遠糾纏……

出家對她表姊一生充滿炫光的過去也終於突然削光地落拓衰弱。連天生女神般跋扈一生的表姊可能都開始懷疑而甚至連累到自己不得不為之瘋狂的人生都被牽連壓垮。到底她表姊是要找她去做什麼？要去幫她什麼？或是幫她的出家前的什麼？或是納悶起一如小時候找她去一起做太多太多近乎瘋狂離奇的既可愛又可怕的怪事……一起抓蟲碾死弄得血肉模糊地殘忍噁心卻炫耀開心地笑得過火、一起玩弄暗戀苦心追求她的男同學男人們還始亂終棄引以為傲地女神蒞臨永遠無限誇張自詡、一起更精心打扮去夜店狂舞夜遊甚至還更精心挑選藉口逃家逃學過的引發一團一團混亂狀態但總是還可以全身而退地太過複雜的聰明夙慧……如果不是真的她還常常也深深回想起的童年還仍清晰的畫面栩栩如生……一如有過真實的物證的陪伴過她那一回衝動刺下大團塊自己畫的妖女怪刺青但是聽說出家前竟然也刻意又找人費心除斑般地完全恢復洗褪回原貌。太像日本山口組俄羅斯黑幫極惡部隊刺青當成冒險出生入死視為古怪傲人光榮徽章式的戰魂戳記竟然決心重新做人般地將刺青圖騰完全抹滅……

太過在意到一生都必然無法釋懷的她有時還真懷疑她表姊這十幾年以來還更出過什麼事……從青少年到長大的後來這段逐漸光暈晦暗的強烈強說愁什麼的她也有時開始會懷疑起她表姊的太過奇幻人生到底有沒有發生過。她甚至懷疑起表姊可能死了或是她自己虛構了表姊的出家？或是她真的有表姊嗎？過去這二十多年來愈來愈不確定的未來所導致不確定的過去的她的自我懷疑……只好在她這麼多的糾纏不清的一如曾經在某一回她表姊出事割腕在老醫院治療休養看護的艱難曲折熬過的出事往事的狀態及其細節去推敲……應該是真的吧！

她陷入瘋狂般的更深層次狐疑是……令她感到非常遺憾自己怎麼因為表姊變成這種人……逃避或逃離所有不幸的現場到如此自欺的不自覺。

一如多年後她那晚睡前最後亂看到的那部史蒂芬史匹柏導湯姆克魯斯演的世界大戰的侵略暴行外星人的大屠殺高科技特效魔術般神奇極端逼真細膩世界末日的災難現場的氣氛悲慘遭遇困難重重的他帶兒女要一路擔心的問題就在於他要不要放棄……他一生是不負責任太過火的父親，敵意充斥著的一路不信任他想逃離的青年熱血想從軍去殺外星人的天真爛漫理想過度的大兒子令他感動又驚喜又擔心……比起那個始終在尖叫著驚嚇恐慌的可憐兮兮幼小女兒的太過敏感忐忑不安到一路害怕失去他的家人的無奈及其太多太多時光荏苒的一路逃離的可怕……以前她和她表姊小時候一起看的時候只注意到外星生物科技和物種的高度怪異恐怖攻擊威脅的太可怕太複雜失控近乎瘋狂的動態聲光特效。但是那晚的她卻是老只注意可憐的主角和兒女在逃亡車廂內的家人有意無意之間的感情糾葛卻不能不吵架的理由失敗人生父親的愛又無力愛的恐懼的心情沉重負擔不起的無力感的無限可能。那麼地不同從聲光特效激烈轉變而沉潛成幽微的情緒轉變的無情……那時候的她才意識到她已然變了而她表姊也已然遠離她太久太久了。

她突然也因此又想到她那笑起來那麼像苦海女神龍的表姊曾經帶青春期剛開始無窮好奇的她去看過的那部名字叫作《Q》的法國怪色情電影，表姊一邊看一邊說她一定要去巴黎要變成這種身材曼妙清瘦絕色就像神的完美作品的巴黎女人，即使怪電影中情節混亂始終切割地太像一塊塊碎裂而有點虛無的自以為是的哲學對話小故事集，某種色情的等待果陀式的來找尋近乎性的倫理學的更難堪的刺探，但是，裡頭終究老充斥著太多極美的女體和極帥的男身，每一個演員都沒有一絲贅肉地近乎假人地精美而嘆為觀止，甚至，做愛畫面極多也極入戲，但是，不知為何，就是不色情，甚至愈看愈冷感愈疏離，愈接近一種極難描述的虛無……所有男女主角都極年輕，近乎香水模特兒的身體的疏離而美麗，他們談戀愛，做愛，所有歡樂和煩惱都那麼青春洋溢，令人不安地不解，或許也不是不解，只是很不願意承認，因為從來沒有這麼有意無意地炫耀這種青春的肉體過，一如那女主角Q所炫耀的她彷彿失控到完全混亂的性欲，炫耀她對做愛的饑渴或對男人的戲弄。雖然有種女版卡繆異鄉人般的存在主義式的焦慮。Q虛無地用性愛的沉浸來逃離對她父親死亡的沉浸。甚至，一如看完電影的她表姊跟她說：面對性或死的沉浸，都令人一直都很焦慮。這部電影更那麼地令她不安地入戲又那麼地不安地疏離……一如電影一開始就是一群裸體女人出現在一個空曠灰沉的浴室，鏡頭一直停留在她們的下體，停留在肚臍到膝蓋之間，肌膚優雅純淨露出的各種陰唇與陰毛，太自然而然的光景顯得那麼地聚焦，卻意外地不色情，像一群從容而自恃羽翼太過動人的鶴的緩慢移動，或像一群模特兒在走秀舞臺上的故意恍恍惚惚地一如漫不經心的貓步……因為她們身影始終極不在乎地走來走去，也因為她們正用一種完全不在乎的話在談男人。有一個女人說我男人好饑渴又好動，只像野兔，一直上我上不停。另一個女人說我男人卻都不摸我，不碰我，不幹我。有一個女人說，我喜歡被綁。另一個女人問她這樣會不會很怕，她說，其實很爽，妳一定沒有被綁過。有一個女人還說她想去刺青，在陰毛上頭的肚子刺天堂兩個字，或乾脆刺。歡迎光臨。

歡迎光臨……那句話老讓她想到更早以前，她也因為一時心軟或一時好奇陪伴表姊去找她的另一個怪朋友意外發現的那祕密教派怪異道壇，她始終記得那個道壇入口好像在北投內山的歧路叉口，走進去空氣好像都凝結的空曠無限恍神狀態的潦草庭園綺麗風光不再的某種神隱少女前十分鐘荒廢遊樂園，充滿著前兆即是惡兆的預言暗示……道壇法事中正在教授非常複雜的古筊中祕傳的內心深處入定禪定的打坐，遇到好多信眾在好多進落的教壇祭拜儀式的感覺很怪異又虔誠祭拜儀式未曾停歇的冗長討論後，她發現她表姊那時候雖然有點著迷但是還是因為難以說服自己的始終倔強懷疑而終究逃離……也因為那時候自己人生依舊璀璨炫人種種原因就沒有再回去那怪教派的神隱道壇……

一如小時候她母親也曾經因為種種原因有意無意地帶她去某個怪廟拜拜參與每年每月每週種種法會普渡眾生規矩繁複……卻不理解到自以為是狂妄無知的風花雪月。或是去倫敦遇到另一個當年在念碩士的學妹的收留跟著她去參加她正入迷的一貫道法會在英國年度大會的祕密聚在一起祭拜儀式的無限循環的神祕到神經兮兮的費解。甚至看到她某個怪朋友曾經帶她去有一次在山中溪旁她們教會盛大舉行的露天牧師為信徒洗禮的冗長的過程時光荏苒仍舊充斥著濃濃黑煙般的神聖感的感染……她都去了也都信了也都非常期待已久過的心情沉重地入迷過，但是後來也都逃離了。就像去西藏旅行時在某一個偏遠藏廟古老盛大的法會遇到了很多活佛的老喇嘛意外刻意對她頂禮客氣但是沉默微笑地加持過的那古怪的一剎那……

或許更就像以前遭遇過一個最厲害的乩身師傅用他又肥又黑又打赤膊完全不在乎的神準口吻嘲弄她：妳問的你表姊去巴黎去不去得成或是回不回得來的問題根本不是問題，相對於妳一生的命只是很小的插曲，妳真正的大問題會困擾妳一輩子的卻是妳的本命就像妳表姊，如果修煉神通可一定是太過稀有的品種……其實妳應該來拜我為師，呵呵！妳其實不想承認也沒有用，但是千萬不能小看自己，因為妳和妳表姊可都是萬中選一式的稀有動物般的稀有……妳這一生可是妳修了十幾世才修到的命……

但是一如妳表姊的命的妳如果太懷疑自己的神通，也可能會害了自己，或許就在一回一回的錯過之中太過緊張兮兮地過度慌張沮喪……甚至於可憐又可怕的業報的最後可能，更是可能會淪落到一生都空度……

妳這一世可是稀有的一種當菩薩的命，唉！只是還沒有找到自己的神，也還沒找到自己的廟……出家。

L'abécédaire de la littérature

字母會

作品

黃崇凱

comme Œuvre

他靠在客廳窗邊就著日光讀書，屋裡沒別人，有些陰涼，適合不經意睡著的天氣。手上的頁面是村上春樹寫到自己在春日午後的神宮球場看到一支二壘安打，突然興起寫小說的念頭。書裡遙遠的念頭讓他起身，走到房間書架前，尋找一本出版之後就幾乎不曾再翻開的小說集。

吸聚灰塵的五個書架沉默綿延，書籍褪色泛黃擠在一起，他一排排掃視，半蹲，從最下層的角落抓出書。他捏著書到客廳就座，拍拍他的墊背枕頭，打開那五十年前寫下的小說集，試著重讀，捕捉往昔的自己。他發現，時間太巨大了，大到他的內心似乎沒什麼改變。他喜歡不再存在的東西：馬蓋先、周星馳、二〇一四—一五球季的金州勇士隊和二〇〇四年雅典奧運陳金鋒從上原浩治手上擊出的三分全壘打。他只能透過重播，試著模擬當初的感受。這很接近回憶。像是盤旋在他童年的那件家族往事。

據說他的祖父是敗家子，敗掉家族五代積聚起來的田地和財富。雖然到他會認人的時候，祖父已是個坐在輪椅上的老人。幸好祖父耗光家產時孩子都大了，但嗜吃電臺成藥的習慣沒改，某日中風倒地跌進水溝，自此進駐在三合院左廂房，由他伯伯、他爸和兩個堂哥輪流排班照料。他有時會跑去那房裡，跟值班堂哥一起看一集《百戰天龍》，他們手裡玩著多功能瑞士刀，想像哪天落在荒郊野外如何妥善運用瑞士刀的每種功能，但其實用得到的只有指甲刀和牙籤。

祖父的房裡瀰漫著酒精、消毒水混合藥丸的氣味，為了排泄方便，他爸在床板和竹蓆挖洞，底下放著塑膠桶子。在某些下午，伯伯和他爸都外出工作，堂哥也去上學，祖父可能就會跟一桶屎尿相處到傍晚。萬一他急於想玩個抽抽樂或買冰買飲料，他就會改用嘴巴呼吸，推開祖父的房門。祖父知道是他，總說桌上有零錢自己拿。他盡量不讓整個過程超過一分鐘，以免不小心吸到幾口屎尿味。

不知為何回想那些漫漫午後，盡皆是村子巷道屋簷過度曝光的蒸騰感，陽光猛烈。那時他媽在隔壁鄰居加蓋的石棉瓦浪板工廠裡，大粒汗小粒汗踩著針車，車過一隻隻絨毛布偶的組成零件，車過整間加工廠交織混融的電扇聲、縫紉機馬達聲和槌子釘下一顆顆布偶眼睛的咚咚聲。一日下午有個酒醉男子跑進去，一拖一拉，抓著他媽頭髮把她從座位拽下來，拖到工廠外頭。男子舉起啤酒瓶敲在她頭頂，酒瓶爆響碎裂，他媽血流滿面。那男子看到噴出來的血馬上就清醒了，丟下破酒瓶和她快步跑走。鄰居紛紛靠過去察看，敷在他媽頭上的毛巾染滿了血。救護車抵達的時候，他媽還神智清醒，眾人攙扶她上了車，嗚咿嗚咿離開。鄰居繼續回到座位製造一工廠的聲音和零件。

他日後拼湊起來的想像大致如此。事發下午他不在現場。約莫兩點，他從祖父房間拿了十元銅板到村子口雜貨店買紅色醃橄欖和科學麵，跟著鄰居同學在村後的鐵軌路遊蕩。他們學大人吃檳榔似的，互吐嘴裡紅色汁液，朝對方臉上噴橄欖子。或許他祖父也聽到那陣騷動，可只能跟一室屎尿共處，沒法衝出去教訓那個作孽的私生子。沒幾天後的某個深夜，那傢伙拎著汽油桶和球棒，跑來他家，一邊叫囂一邊敲破他爸汽車前後擋風玻璃，對著車體灑汽油，揚言要燒死他們全家。警車和消防車到的時候，那輛裕隆速利303已燒成廢鐵。為了安全考量，那陣子他跟妹妹一起被送到鄰村姑姑家暫住，直到逮住那傢伙為止，歷時一個月。

這就是他成長過程中最戲劇性的事件。他幾乎只是略加描述和改造寫下來，大致與真實的經歷差不多。小說結尾讓敘事者成年之後到駕訓班學開車，發現開的正是被市場淘汰的裕隆速利303車款，那輛他幼時曾暗自發誓長大後要開出門的手排老汽車。印象中那篇小說得了某縣市文學獎的第三名或佳作之類的獎項。相隔多年再讀實在令他臉紅。整篇小說都是陳舊的成長故事套路，毫無新意。他尤其訝異的是，過了這麼久才明白自己才華的有限。

這種有限也能從他書寫過的一篇KTV小說顯現。他以夜班服務生為敘事者，講述包廂裡的光怪陸離，卻連黑道老大、傳播妹之類的角色都寫得貧乏無味。他大學時代頗熱中唱KTV。他喜歡別人唱歌的時候，自己在一旁像是聽著又像是放空的狀態。室內昏暗，冷氣過強，得把自己抱緊，聽大量以破碎戀情為主旨的歌曲，看字幕一枚枚填滿。那時他們點的都是時下流行新歌，歌單隨著年紀變大，從幾年前的舊歌，漸漸變成全是十年以上的老歌。他可能從那時就在悼念往日，藉著這些歌曲懷想逝去的時光。在包廂裡透過懷舊濾鏡覺得螢幕裡的以前真好，那時的歌比較好聽，那時的ＭＶ比較有限，那時的人也比較純樸。他的生活就像ＫＴＶ包廂般封閉，是以他很晚才感知似乎哪裡不太對勁。

他只出過一本書，當時覺得沒道理之後寫不出新東西來。不急，生活經驗會積累，就算暫時想不到寫什麼，時候到了自然會寫。結果他度過人生大半流程直到退休，都沒寫出第二本書。他想或許本來就欠缺講述的衝動，加上生命素材稀薄，寫作念頭像把冷寂的餘燼，灰飛湮滅。他以為寫作是自己的事，寫不出來（或寫完了）也無妨，那就去做點別的。他有所誤解。差不多在他的創作念頭消散前後，很多人也不想寫了。電影院開始購買各大片商的資料庫，重新上映《鐵達尼號》、《海角七號》之類的熱門院線，要不就是主題式的老電影選片（奇士勞斯基全集、宮崎駿全集、臺語片修復精選）；書店賣的是不斷再版的舊書，有時擺上同一本書的各種版本；歌手開演唱會不再有新歌（ＫＴＶ選單自然也沒了「新進歌曲」選項）；舞臺劇演的都是萬年老戲碼；音樂廳似乎從很久以前就都在演奏幾個世紀累積出來的古典樂曲目。

起初幾年還有些作家能零星出版先前早寫好的「新作」，大概一年會有個幾本，不管內容好壞，每本都成為當年度的暢銷書。之後逐漸變成幾年一本，最近二十年大概所有作家的硬碟深處、手稿筆記挖出的未發表稿件已經枯竭，再沒聽說新書問世。他記得那幾年有人說反正人類已經創造出那麼多美好的事物，就算沒法再增加新的也沒關係啊，況且新東西大多令人失望。

時間的刻度跑到了此時，他重讀自己的少作，浮起不尋常的念頭：真希望還能寫出新小說啊，即使更爛也沒關係。他把書擺在桌上，思考著為什麼創作者要不斷推出新作，又為什麼人們會期待看到新作。如果說所有的藝術創作都是一次性的，那麼從古至今只能有一幅〈蒙娜麗莎的微笑〉，只能有一本《堂吉訶德》，也只能有一部《牯嶺街少年殺人事件》。我們同樣也只有一個達文西，一個塞凡提斯，一個楊德昌。它們都是一流的絕妙精品，空前絕後，即使是作者本人也不能再複製。沒人想看作者自我抄襲，也沒人能全盤照抄這些傑作達到相同的神韻和地位，可我們其實也不願看到藝術創作者比較差的表現。期待得介於已完成與未完成之間才有機會膨脹。許多人期待例如楊德昌在《牯嶺街少年殺人事件》之後的電影，但他卻交出了比較差的《獨立時代》，以及可能是生涯最差的《麻將》。相信許多人走出電影院有失望、受騙的感覺，不敢相信那是同一個導演拍出來的。期待戛然作廢。隔段時間，期待又會自己長起來，直到被暫時滿足或打消。

人們可以看一百次《戀戀風塵》，讀一百遍《卡拉馬助夫兄弟們》，聽一百回《郭德堡變奏曲》（還有那麼多版本可選）。這還只是需要這些東西的人而已。大多數人不會碰上這些作品，看也沒看過，聽也沒聽過，就這麼過完一生。他們不知道誰是侯孝賢，沒聽過杜斯妥也夫斯基，不識巴哈何許人也。他們生老病死，不留一絲遺憾。

世界沒什麼改變，人們如常過活，該做什麼就做什麼，火車上的小孩照哭照跑，連續假日一樣塞車。有天他又一次看完《海角七號》，跳上計程車回家，夜裡的街景和人群交融湧動，毛毛雨劃過車窗，好像外頭被水溶解似的模糊起來。路邊那攤鹽酥雞照常排了七、八個嗷嗷待哺的人，不進也不退的世界原地打轉，他陷在到底是世界不鳥時間還是時間不鳥世界的困惑。距離那個出書的自己，他老了五十歲，生了孩子，孩子又生孩子，還在看一樣的電影、聽一樣的歌。他的感覺定格在多年前的架構裡，對小了五十多歲的年輕人也跟自己看一樣的電影、聽一樣的歌，感到說不出的怪異。他試著追想當年寫作的感覺：將偶然想到的詞句寫在記事本，面對空白的文件檔案敲打一句接著再刪除，或者像是自動書寫讓手指在鍵盤上彈跳幾十分鐘？他應該還有些過往的素材可以寫，例如家族往事、成長經歷或者初戀故事。他知道自己的生命庸常普通，沒有大遷徙也沒有大起落更無大冒險，但他畢竟出了本小說。

寫作是一粒生活的青春痘，紅腫、發癢、凸起、疼痛，長出白色膿包，擠破後流點血，就好了。他想，先顧生活，總有一天會再寫出點什麼的。他工作愈久，愈覺得，其實少了一個像他這樣的作家，文學不會更壞或更好。因為文學太大太老了，他連當顆老鼠屎的資格都沒有。

那些年各種媒體、社群網站都在傳許多作家寫不出新東西、文學已死的報導，似乎只在那些寫作的朋友圈激起一點漣漪，後續也沒太多討論。無法創作的現象擴及其他藝術領域，紛紛有些藝文人士出來講話，希望大眾多多支持、鼓勵，別讓世界失去了創造力。他當時就不太懂：創作到底干別人什麼事？創作也不是人家多支持、鼓勵就能做到的。才華是無法補助的。總不可能因為誰拿了五十萬、一百萬，創作力就暴增個五倍十倍吧？還有些人居然說那都是因為大家不以購買、消費來支持藝術創作，都在網路聽免錢的、看免錢的，才導致這種惡果。也有宗教人士說這是人類的共業，他們消耗地球資源太多了，所以上帝把人類的藝術創造力收走了。不乏有幸災樂禍的說，人類用完創作的配額了，好好享受過去的東西就好，我們總不可能因為無法再出一個畢卡索或林懷民就活不下去吧？更何況他們都已經出現了。

沒有新作的事實就這麼持續著。回想這些真覺得當初那些討厭的言論沒說錯，世間紛紛擾擾依舊，他還靜靜活著。無法精確從哪一刻開始計算，他的日子都在懷舊。他知道文化生產的過程中，輪轉重複和翻新是常態，復古懷舊就成了賣點。當年大家紛紛拋棄的事物、流行和品味，經過時間積澱、環境變遷，又突然有些意思了。因為它突兀地存在於事過境遷之間，它本身就是截斷時間而存在。於是它成為觸媒，人們看到的不完全是它，而是記憶夾層裡別的什麼，想起了許許多多相關的東西。

他回想小時候看《賭俠2之上海灘賭聖》的經驗。他第一次看那電影是在祖父充滿屎尿味的房裡，堂哥租回畫質粗糙的錄影帶，看當年的軍中情人方季惟演女主角。他試著全場都用嘴巴呼吸，卻還是在周星馳與達叔搞笑時憋不住。後來他在第四臺看到同樣的電影，一樣的劇情，一樣的運鏡，但女主角完全換了人演，只剩下方季惟唱主題曲的歌聲。他應該可以重寫小說。

他不是要抄襲過去的自己，而是使用一樣的素材，再寫寫看。想來可怕，這中間的五十年他都是無效活著。所以重寫的時候，他隱約覺得自己是用一生的時間在寫這本小說，甚至是此生之前的幾輩子轉生輪迴。他記得他寫過，他記得他重寫，他記得他反覆寫。他以全部的餘生重寫年輕時候寫就的小說集，他只有那裡面的東西可寫。在那機械性的複寫中，他不停返回過往的記憶，寫完之後再對照被印刷出來的初版。他發現，同一件事回想很多遍、寫很多遍之後，唯一留存的感受是無奈。意圖校正、調整、修補過往是徒勞的，而他已沒有累積新意義的未來可言。他試著用別的角度撬開記憶。他猜測，他想像，他成為酒醉男子，舉起啤酒瓶從他媽還很年輕的頭顱猛力敲下去，他噩夢般驚醒，丟下碎裂的酒瓶跑了。他躲在他爸特地安置他在村子口雜貨店旁的樓房，瑟縮顫抖，原來毀傷一個女人的感覺這麼痛快又這麼懼怕。酒醒之後，他再讓自己喝醉，提著一塑膠桶汽油和球棒，搖搖晃晃在夜半時分抵達他爸所在的三合院。他就是看他哥的裕隆速利３０３不爽，為什麼他有我沒有，他一把打碎汽車前後擋風玻璃，實在太爽，扭開油蓋，淋了一車香噴噴的汽油，對著黑暗中緊閉的門窗喊叫我要燒死你們全家，掏出一支菸點火，吞吐了幾口煙圈，順手彈了菸蒂到速利３０３，喔，真是太美，灼熱火焰開心扭動起來，多麼昂貴的火啊。

他也試著成為他媽，想像淌著汗水的頭髮被用力抓握，將她扯離針車，頭皮繃得死緊，密集的痛在擴散，正在感受那痛的時候，更劇烈的爆破發生在頭頂。她霎時空白，耳鳴，有什麼溫暖液體在湧出，密集的痛消退，轉換成一種撐開的痛。那人跑了，她的視線充滿搖晃，遠遠有人在喊，像是她的名字，她感覺有人拉住她腋下，有什麼蓋住正在張開的湧出，地上有點點噴濺的紅色。

成為他祖父，軟癱在床，感覺屁股懸空，有排泄物隨時會掉落，氣味彼此掩蓋，他的鼻腔疲勞。他似睡未睡，風扇轉動，模糊聽到門外傳來的稀微騷動，間有像玻璃瓶的爆裂聲，最後是急促的救護車鈴聲。當天傍晚，他的小兒子推開門，本當是餵飯時間，小兒子憤憤瞪著他，嘴裡吐出「幹，以後攏叫你那孽子來顧你啦」。甩門，發動汽車離去。他的房間跟室外一樣天黑，風扇還轉，他無法測量時間，只覺得好餓。

成為他爸，成為他堂哥，成為圍觀鄰居。後來的所有版本再沒有第一次寫下時的游移、不安、興奮和沮喪。那些版本可能更耽溺、更囉嗦或更多細節描寫，但無改它是爛小說的本質。他費盡心力書寫一件不值提起的童年瑣事。他不喜歡那些版本，也沒法寫出滿意的版本，彷彿只是在製造大量贗品。他沒意識到這世界已經沒有作家了：所有出過書但不再寫新作的作者，都只能稱為「前作家」。他此刻是世上唯一有在寫的作家。他毫不懷疑自己是個蹩腳作者，只是婉惜他多年前竟漫不經心地用光了第一次。
幸好這個世界也不再有第一次創造的快樂了。

L'abécédaire de la littérature

字母會

O

作品

駱以軍

comme Œuvre

那個屋子有個院子，院裡種了一株桑樹，除了這桑樹根下一圈裸露著土，這小小的前院地面皆被水泥蓋住了。但因那裂縫處處的水泥或年代久遠了，竟有一種說不出的被主人或來往訪客（想是不多）的鞋踩磨的刨光油潤感。我的母親在這間三層樓但窄小的日式房子裡過世了。但事實上，夢中這個屋子，在現實裡是我永和老家那院落較它大許多、同樣也是半世紀以上的日式老屋的隔壁。即使我父親過世這麼多年，我們家院子裡，從前父親親手種下的芒果樹、桂圓樹、白梅、木蘭、杜鵑叢，都高大蓊鬱，樹蔭隔牆蓋過這鄰居的屋子。

這條弄子裡，原本都是像我們家一樣的魚鱗黑瓦日本宿舍吧。不同年代，各自兩戶併在一起讓地產商建起大樓，有六七樓的，如今老舊醜陋不堪，也有弄子那側三戶合併成一基地，這幾年才蓋起十幾層的新大樓。在那像時光地質礦脈的靜巷裡，就剩下我家，和隔壁這間，是唯一不變，牆上淹流著藤葉或小紫花或整片青苔的灰綠色，貓在那陰影和光照間自在慢走，鳥雀盤桓、粉蝶飛舞，而屋子本身也禁錮著一種像舊水缸裡的貯水，那樣的陰涼。

但在那個夢裡，我母親為何不是在我們原來的那老屋的臥塌，嚥下最後一口氣；而是在隔壁的這窄小許多的屋子？也因之在夢中，我第一次進入那從小只是「隔壁」的那狹小的，其實像是一個電影裡演的，監視某個地下叛亂組織的特務，暫時租下，隱藏其中的小房子。這個房子沒有曾經生活其中的氣味，比較像警衛、門傭、司機的宿舍。一種伶仃、邊緣者暫時窩一下的，空洞無感性的畸零地。它其實已改建過了，日式老屋的魚鱗黑瓦已拆，朝上增高為三層樓的小獨立樓。但各層的坪數非常小，且還堅持那四、五十年前臺北樓屋，各層樓前必要開一扇木框窗，外頭有一口袋般的細磨石小陽臺。我在夢中感受著自己的皮鞋底，刷刷踩過那小院外的粉塵，踩進門檻、那屋內下面彷彿空心的木地板，從非常窄的磨石小樓梯上到二樓。我姊姊、我哥，還有我母親唯一的妹妹，都在那小房間，圍著閉著眼躺著的我母親，低聲討論一些什麼。

而這樣站在這像穀倉閣樓的小房間裡，雖然窄仄，但因四面都開窗，陽光像白粉一樣明亮地灑進來。甚至可感到因貼近隔壁（也就是真實裡的我家）的高大樹木，不同形廓的葉片像海浪翻湧，那樣無聲水流般的綠光在這應該是悲傷的空間，天花板、牆壁、榻榻米、五斗櫃、……，一種我們在一艘隨波搖晃的小船船艙裡的印象。

夢中我姊姊穿一身黑洋裝，轉過身來，低聲對站在像一個傀儡戲小舞臺景框外的我，說著母親過世前這一天，發生的一切。她的情感低抑而哀傷，以至描述那個在躺下如我們眼前死者之前，母親在這小屋內上下拿東西走動的細節，像在描述一隻上發條的機械玩偶。一些沒有關鍵線索的「生活起居注」。事實上，那不只是母親死前幾個小時內的活動，而是我們遺忘了的，這十年來，她在這屋內，一直重覆的、無奇的，無論你將之分解、慢速播放，或是連續成無聲電影的走上樓、走下樓、發呆、拿出櫥櫃裡一塊祭神的糕餅一口一口咀嚼著、打電話、拿鋁盆開窗澆水那些小陽臺上的鐵線蕨、跳舞蘭、小銀杏盆栽……，都沒有足以形成「事件」的線索。
但我旋即發現姊姊這樣的憂悒，後頭有一種對母親死後，自己處境的不安。似乎母親生前已做好處置：隔壁那幢（真實世界我父親留下許多大樹的老屋）留給我哥，而夢中這幢小屋留給我。做為女兒的姊姊，除了一些紀念性的貼身首飾，什麼也沒有。在夢中我告訴那不熟悉的姊姊：不用擔心，妳就留在這住下去。但夢中我腦海也浮現出淡淡疑惑，這麼窄小的屋子，難道之後的時光，我要和姊姊共居於此，像對夫妻那樣一起生活，同榻而眠？
這時，這個屋子在夢中變大了。不，不是變大，而是像鐵路局替一輛列車加掛車廂，同樣那般狹小的空間感，但房間從門出去，又增殖出一樣那麼窄的其他房間。而每個房間裡，都像醫院長廊候診椅那般，坐著一排臉孔悲戚、衣服暗色的親戚們，他們都是來哀悼我母親的死去。但我並不認識他們。
我姊姊這時低聲對我說：我們的父親（他已過世十幾年了）也來了，就坐在其中一個房間那一排人群裡。我順著目光看去，父親確實呈現成一個光霧，也許那是亡者靈魂的投影解析極限了。我姊暗示我，我們要裝作沒發現他也來了。免得他因害羞而又遁走。或他不喜歡讓人們覺得他與眾不同。

我後來愈漸相信，人的回憶（也許我說的不精準，應該說「自我覺知」或其他什麼的）是一只啞鈴的形狀，也許該說是一個沙漏的流動形態，譬如我三十歲左右認識的某幾個同輩女作家，當時我或幻想和她們其中之一或來段豔遇。當然並沒有，但二十年後我和她們在不同地點相遇，我發現我完全不能理解，她們在這樣的時光裡發生的那些事，遇到那些人，然後像一臺麵包機在那裡頭旋轉，粉塵飛起，或溼漉漉的一團、醱酵、膨脹起來、粒子在高溫中發生變化⋯⋯，那讓她們變成擁有某團神祕的內在，而我無法理解的人。我年輕一點時，可能想像，那就是性啊，哄馬子的詩意的謊言，或是聽到一些古怪的少女時期的經歷，或是怎麼把她們衣服剝掉，那像小鳥一樣驚嚇的身體的細緻掙抖⋯⋯。但後來我感到好像不是這樣。我只要沒有進入她們其中一人的時光之中（或她們進入我之中），那樣的許多年後，我們坐在咖啡屋，聽她們說著愛情、流浪、某個爛男人、或某段貧困的時光，那總是破碎、印象派、一些連續不起來的句子，像沿著沙漏外緣的凹凸弧線撫摸那玻璃的延展。即使我們其實是同一時代的產物，我們若在三十歲那時翻上床，其實共同的話題可能跑不掉麥可傑克森、瑪丹娜啦、鐵達尼號啦、或剛開始在臺灣擴張的星巴克啦、日本動漫啦、村上春樹啦、或辛吉絲啦或黛安娜王妃啦（我只是舉例）。

譬如說，那站在我母親過世房間的我阿姨，憑窗哀傷看著那個距離枝枒如人類手指串般的葉片，形成一種迴旋梯印象的，從隔鄰（真實的我家）探牆恣張過來的龍眼樹。其實我父親生命最後幾年，常憎惡地對我回憶，母親的這位妹妹，年輕時種種驕縱無知。那時我父親和我母親、我外婆、我阿姨住在一起，那可能是我父親人生中最抑鬱的一段時光。我外婆是個沒受過教育、貪狠（照我父親的描述）、對我父親這樣的外省人充滿敵意的女人。但我阿姨在那少女時光，竟像我外婆的翻版。我母親在這個故事裡，便成了《仙履奇緣》中的仙度瑞拉，受到養母和她女兒的虐待。據說我父親白天到學校上課，我母親則在銀行當小辦事員，他們的薪水全交給我外婆（最後那所有的錢，還被我外婆極信任的一個女人全倒會，騙光了）。晚上回來，我母親要弄全家的晚餐，我父親則要洗晾所有人的衣物。我父親晚年每說起這個，就鬱憤不已：「你阿姨，像個大小姐，碗盤吃完就一扔，我和你媽像她們僕人。她竟把女孩子的褻衣褻褲，也丟給我這個姊夫洗。」

我阿姨後來的婚姻並不是很順利。她先被一個混黑社會的傢伙騙婚，吃了一些苦頭，逃回我外婆家。幾年後才又嫁給我後來的這個姨丈。他也是個外省人（那可能是我外婆最大的遺憾），但是個不識字的老兵，人非常沉默老實，一直在公家機關當司機。

我阿姨老了以後，變成一個非常胖大的老婦，像那個辛普森家族卡通裡的誇張人形，因為下盤超現實地龐大，上面的頭顱顯得非常小，整個像一口倒扣的鐘。

我父親和我姨丈，先後都過世非常多年了。
後來我回去永和老家，問起我母親（她當然還活著），隔壁那間小屋，住著什麼人啊？我母親說：「什麼人都沒有哇，一直都空著，空著好多年啦。」
我母親回憶：「在你們都還小的時候，隔壁那屋子，曾經有一對年輕夫妻住那，他們有一個小男孩，年紀比你們都小，那男孩眼睛非常大。但那對年輕夫妻好像臉色總非常愁苦憂悒，很少聽到他們講話。他們也只是租那房子的房客，當時那屋主還託我們，每個月的房租，讓那對年輕夫婦交給我們，我們幫他代收。大概不到一年吧，他們就搬走了。」
我母親說：「你知道嗎？那小男孩後來長大，就是那個歌手王傑，真的就是他！」
我們永和老家，曾經養過許多隻狗，當然都是不同時期，死去後又再新養，而後又老去的狗。最多同時期一起存在那空間的也就五隻。但當最終牠們都不在了，回憶的印象派畫面，彷彿我父親種了許多樹木的院子，變成一片深鬱濃綠的森林，那些狗們像某個畫家筆下，一團團模糊光霧，奔跑、追逐的狐群。而最後那批，在我父親中風臥床到死去那三年，陸續得到老狗易患的不同癌症，一一死去。最後一隻叫哈利的狐狸狗，生命力非常頑強，好像是癌細胞先擴散到牠前肢，獸醫要我們讓牠截肢。所以我記憶中，父親生命最後那年，我回永和探望他時——當然他完全失去意識了，睡在其中一間光照不到的小房間，我母親和外傭愁苦的臉，將一些打成汁的果汁混了穀粉、牛奶、中藥的東西，硬灌進他的嘴洞裡——非常奇幻的，都有一隻少了一條前肢的狗，像卡通裡的滑稽角色，那樣半跳、半趴伏挪動著，從父親那黝黑、充滿屎尿臭味加各種藥味的房間，鑽出來歡迎我。

於是我想像，有個面容瘦削、蠟黃的男子，有幾年的時光（三年？或更長，五年？）不引人注意地租賃住在那小屋裡。其實那是一個長期的監視行動，像電影《竊聽風暴》一樣，沒有人注意到這男人是在什麼時段（應該是深夜，但那時並沒有 7-11 這種二十四小時的店啊）進出那紅漆小門，他總要出門採買一些生活必用品或食物吧？但他就像壁蝨那樣安靜。也沒人知道他在那屋裡做些啥？

當然他在寫作。或許我是被那年代獨特、沉默的特務、跟監、穿著平肩掐腰黑西裝戴著黑呢帽、突然消失的人，或兩造其實都得匿藏在人群裡的灰色憂悒氣氛所吸引。牛皮紙公文信封袋、薄得透光的十行信紙、鋼筆筆尖劃開那藍黑水的暈漬以形成「字」。

他就在這個像側豎的牆之夾層的隔壁小屋，沙沙沙地寫作著。像一只幽靈。年輕時我母親穿著洋裝，用那年代的唱機播放著黑膠唱盤的〈藍色多瑙河〉、〈小步舞曲〉。那些狗，和還是小孩的我、我哥、我姊，推著紗門進出那院落和屋內。夏日蟬鳴不已，傍晚時茉莉或梔子的馥香便瀰散在空氣裡。你被監視著、或你被窺探著，但你不自知，因你其實雖然在那畫面或鏡頭中，但你是不存在的。就像那些超音波攝像裡蜷縮成一團，小心臟已在跳動，或已長出小雞雞的灰黑白形成自己陰影的嬰孩。所以他是在監視著我父親？或也在那病態的貼牆窺看中，暗戀、意淫著我母親？

當然我做過許多，怎麼說呢？比真實還真實的夢——譬如某次我夢見我和那個男人約在一間像FRIDAYS那樣有三層樓的ＰＵＢ，我們約在最頂層的一個閣樓。但當我一推門走進那一樓坐滿人的吧檯，桌面上放著一些深綠深棕色玻璃啤酒瓶，或小鋼球在數字圓盤跑的遊戲機，煙霧瀰漫，我便把臉儘量壓低，因為我好像知道這ＰＵＢ裡所有人都是來堵我們的。我順樓梯上了頂樓（那牆的斜面掛滿裝框而發出永恆之光的棒球手套、銅製雙翼飛機模型、瑪麗蓮夢露的裙子飛起來照片、飛行員防風鏡、牛仔帽，甚至掛著左輪槍套和裝子彈匣的皮腰帶……），發覺我父親，和前面的那個夢裡的形象一樣，發著白色的光霧，胖胖的，有種在水中潛水的緩慢，正將一疊稿件交給那個男人；但當他回過頭來看見我時，臉上又露出後悔的神色，他的手又朝前伸，好像要將上一秒才交出的稿件要回，但那時機已錯過了。

對了，在這個夢裡，我似乎已成為一極出名，極重要的作家。因為當我那樣低著頭，儘量走在樓梯那鋁皮燈罩披灑而下的白光另一側的暗影中，我感覺到ＰＵＢ牆角的大電視上，念稿的主播背後正是打上我的照片。我內心想：還好酒館裡所有人都擡頭盯著那電視，只要有一人回頭，就會發現「咦，那不就是他本人嗎？」

我感覺到，這些夢境，並不像許多其他的夢，在夜海的漂流一旦浮出到白日，那眼睛睜開之瞬，就像乾冰蒸發、融化、消失。那像是用一落一落枯著朵子，疊堆著，像戰爭時期，暫時遮蔽、哄騙那搜捕游擊隊員的軍隊，把他們存在其中的空間（地窖、貯藏室、書櫃後面的隔間，學校體育館的某個器材室），在人們眼前消失。但我的外套上、褲管，都還沾留著那些草朵的粉塵，或一些黃色的枯草籽。

我若在真實（或說醒過來）的世界，遺忘那些像在電影院後牆射出光束，那明亮耀眼，葉片紛紛墜落的人們，認為那只是夢。則他們會在那草垛壘上遮蔽的夾層裡，餓死、渴死、瘋狂、奄奄一息躺在自己的便溺中……

另一次，在一個夢裡，我和三四個朋友，在一間咖啡屋戶外吸菸區，我們聽著其中一個狗仔雜誌的攝影師，講他十年來為了雜誌封面，到妓院用針孔相機偷拍那些妓女，所以他總是要真槍實彈上那些女孩。

那是個辛苦、疲憊，而且時間長了要看心理醫生的工作。有一次，他們到北投，那天週末夜，哇靠不知為什麼生意那麼好。一個超胖的、年紀很大的阿姊，他想給她打槍換一個，那個阿姊訓他說：「哪裡換？今天客人多到令祖嬤連內褲都不穿了。」他整個不行，但想到樓下他同事用大炮長鏡頭對著他這房間的窗，他故意走去把窗打開，甜言蜜語哄著那肥婆，說她像伊莉莎白泰勒，像歐陽妮妮，把她攬到窗邊，要她趴著窗臺讓他從後面來。

不知為何他說到這裡，夢中我便變成站在下面樹叢裡拿著大炮相機的那個同事。我用鏡頭當望遠鏡，巡弋了這整幢淫呼浪叫，各窗影都是交配的男女的溫泉旅館。突然，鏡頭停在其中一扇推開的窗口，無比清晰看到那個男人，對著外頭抽菸。他看到了我，將菸蒂丟下，轉頭消失。但在那個夢裡，我確實盯上了他，我們就像電影裡的間諜和跟蹤者，各自搭了一輛計程車，在那應該還是四、五年前的臺北夜間街道追逐著。並沒有那麼多高樓，但似乎在穿過中山北路時，覺得整條街兩側像墓地裡舉著一支支火把，一種流麗、施旎、光蛇在黯黑的牌樓間灑著煙花的印象。我記得最後我和他都下了車，我隔著一百公尺吧，跟蹤著他。夢裡只剩下皮鞋踩在碎石地的聲響，我們似乎在一些迷宮般，但又寂寥的舊社區巷弄裡繞，最後他鑽進一條小弄，我貼著弄口這轉角，看見他用鑰匙開了其中一戶的門進去。我一轉過來，發覺那被孤伶路燈照得一片銀輝的小弄，正是我從小到大進出無數遍的，我父母家的那條弄子。

我他媽一定要哪天翻進那小屋裡看一看。我在夢中心裡這樣想著。

故事可能是這樣的：我像在一座遊樂園不同設施、區域、篷屋……它們下方底座的機械房，在那些轉動的巨大齒輪、牽動軸、鏈條間上下翻跳（像蟑螂在布滿黑油的餐廳廚房爬行），跑進不同的夢境演劇廳，每一段情節都是固定重複，彷彿機器人偶。這時，那個隔壁小屋原本在我的夢活動裡，是一個被屏蔽的小格，一個死區。那個男人蒼白地躲在裡頭寫作。我無法看見他在那屋子裡（與寫作有關或無關）的動作。但透過夢境中更深層的探井，我的腦中有別的（也許是鬆軟易塌的礦層）通路，知道他所寫的，或所將寫出的全部內容。事實上他可能只是一個擺設性的殘斷光影。但某一次，我姊夢見這個小屋，在我全然無知的狀況，她推門進去了。那甚至成為她後來不為人知、躲避白日寂寥痛苦的祕密空間。

我的夢處理機制終於偵測到這個像被蟲子蛀空的囊胞，但夢境的編碼、敘事總和現實世界不同，它在億兆個深埋海馬區的字元中，找尋合理的布局，一種壓力，一種氛圍，一種抒情的指法的彈撥其實在夢的水流中篩洗……

夢中（或就只那間小屋裡）的我姊意識到自己正被抽絲剝繭地塗銷、拔除；於是像病毒占據宿主的基因段，發出混亂的偽指令。如此薄弱，但互相像最殘忍的對弈者，吃掉對方的子，推進自己的工兵，在那灰稠烏有之境連接電纜、挖築壕溝，形成包圍或反包圍。

於是，那個男人在那小屋裡，曾經寫了些什麼，應該有一疊或許已被夢中的我姊讀去的小說稿（也許是像卡夫卡生前未完成的《城堡》；也許是張愛玲恨之欲碎之焚之的《小團圓》；也許是波拉尼奧死後交付給出版商的《2666》），不斷被「沒有書寫時光地書寫出來」了。它們被挾藏在那男人鬼鬼祟祟，在城市搭車、在十二指腸般的巷弄迷宮疾行，不時回頭張望的腋下。或必須在不同的危機情境，分批轉交給夢中臉孔模糊的陌生人……

這個藏匿「那些作品」的運轉太過龐大、它必須合理於貯藏在我海馬迴裡的情感記憶，那速度超過我（那樣熟睡的我）之前所有閱讀經驗全部作品的檔案瀏覽。於是那個男人寫的「那些作品」，不斷被發明、在一種情感的理解中擴張成更艱澀、巨大、甚至滑稽的大小說。這個小說比人類所有曾經寫出的小說，還要覆蓋全部的全部時空經驗，還要徒勞且哀感、恐怖又華麗，像上萬只挨擠的蜂巢，裡頭無數幼蜂蠕動的白色且陰影快速閃過的臉。像米開朗基羅在西斯汀教堂的壁畫被揉成衛生紙團。

我不知道那個男人為什麼要寫？而且他在不同夢境中，正在寫（像松鼠縮在樹洞裡抱啃著核桃那樣在最窄仄的空間裡寫著）、或已寫完、或像情報員將那些寫完的稿件分批、在不同場景的變裝和警戒氣氛中，偷渡、送去他認為安全的地方……。我不知道為何我深信，這樣一個躲在暗影裡，沒有生活，像影子般無聲的人，像蟑螂抖晃著長觸鬚，寫出的東西，就是我這一生想寫，卻終無法寫出的「作品」？我確信它們存在在那夢中的小屋裡，床底下（夢中我母親死去的那張床？）、櫥櫃裡、或牆壁某塊浮磚拿下後面的一個密洞（就在夢中我父親鬼魂坐的那張椅子後面？）……。它們寫出了一切。或是說，我在這個世界所寫的一切：小說，詩，雜文，甚至網路上那些不加標點的廢文，只為了悲哀地創造出，可能可以進入那個小屋，某些通道，將跳動的夢之浮光掠影稍稍固定，讓我可以在夢中，每次要閱讀便散潰、沙化、或成為水波，手和眼球同時不再那樣穩穩抓著那傢伙留下的整落稿子，逐字謄抄。

哪怕只是在夢中謄抄一遍，不，哪怕只是謄抄其中一部分，那都是我的餘生，到死亡來臨之前，最奢侈、幸福，且應該不會得到的至福吧。

L'abécédaire de la littérature

字母會

評論

潘怡帆

comme Cuore

「作家想要創作作品，但寫出來的永遠只是書」，如此命定的落差將使作家（倘若他仍以書寫為志）無法停止創作，而作品（傑作）的可能性正弔詭地由此誕生。

指認曠世巨作的不是作者，而是讀者。韓波放棄的詩歌廣受世人讚嘆；卡夫卡風靡二十世紀的作品被他自己判處火刑。讀者成為使書冊重回作品的逆向途徑，然而，這並非暗示書寫必須迎合讀者的脾胃，因為普羅讀者的無人稱性將一再以他的無常取消任何揣測與討喜。當無人稱的讀者成為作品是否傑作的指望，作家與著作間不言而喻的默契便徹底瓦解，著作從作家的私有財（只載作者之道的個人工具）中解放。於是，不存在作家能暢所欲言的作品，只有作家心滿意足的書；以讀者為首是瞻的書冊遍處可見，然而卻沒有對讀者戒慎恐懼的作品。作家胸懷作品，奮力造冊，不僅為了被閱讀，更為了掐住讀者的眼球，以便爆出源源不絕的再創造威力。創造的共通性使讀者得以領悟作者曾窺見的靈光閃動，使「書」褪殼，構築通抵「作品（傑作）」

的神聖甬道，如是，薩德之書通過波特萊爾的《惡之華》「返回作品」之列。

顏忠賢刻劃傳奇表姊的神祕失蹤（死了？出家？或只是虛構的存在？），描摹「作品」之於「書」的恆不在場。小說裡，沒有自己故事可說的敘事者，狼吞虎嚥下表姊彗星般的耀眼人生：模特兒、明星、美貌且才華洋溢，既畫油畫也搞創意時尚，善業務能公關，在眾人欽羨的目光中前往巴黎唸時尚，再以大家望塵莫及的速度奔馳到更遙遠的生命彼方……敘事者的存在，與其是為己毋寧更是為了填裝表姊一生而造就的「自我缺席的在場」，必須一再反芻表姊的點滴事蹟，塞補自我的空洞在場。顏忠賢為敘事者鑲裝上《無人知曉的傑作》裡老畫家的同款眼球，看見在視網膜上向內成像，有如太陽金星般目眩神馳的畫作，而非瞳孔向外聚焦的空白畫布。「什麼都沒有」的畫布成為遭竊作品的「缺席的在場」：並非沒有作品，而是作品失竊了，並非不存在表姊，而是表姊失蹤或出家了。「沒有」成為以不斷重講與重想來重建的「曾經在場」，是「有」的潛能，而非缺席。「曾經在場」現在以「沒有」填滿空缺，這種無物的「滿員」如同劇院裡「這裡已經或即將有人坐」的占位，以非現實（非當下）的想像時間（已經或即將）填滿空間。這是虛構與說書的在場，是內在於《三國志》的《三國演義》在場，是表姊消失後以「言說」生下表姊的敘事，是成為傑作的空白畫布與成為作品的書冊。無人知曉的傑作並非沒有作品，它呈顯為畫布的空白，等待作品降臨以便切開與「放棄作品」的等號關係。區辨書與作品不是為了製造兩者間遙不可及的距離，以便理直氣壯地不再創作，而是預見作品將以「不同於任何已知事物的方式存在」，使創造運動持續翻新與發生。這因此是為了促使「有」作品而非「沒有」，是為了一再激發「完全不同於已知」的創生，而非以「誕生不可能」來畫地自限。巴爾札克筆下的「空白畫布」亦是卡夫卡面對完稿而萌生的絕望。絕望不是為了不寫，卻是為了被超越而指向繼續書寫；為了永恆的（再）創作，作品「必須消失」，以便化身為「奇蹟曾經造訪」的信念，激勵創作，如同一氣呵成的《審判》支撐了卡夫卡長達一生的書寫不懈，如同因作品缺席才能不斷「說書」的敘事者。唯有燃起不在場的璀璨，飛蛾才義無反顧地揚起撲火的烈焰決心。

顏忠賢凸顯作品與書之間的斷層，駱以軍則以「隔壁間」的書寫距離，凝視觸碰不到的作品。「在那個夢裡，我母親為何不是在我們原來的那老屋的臥場，嚥下最後一口氣；而是在隔壁的這窄小許多的屋子？」敘事者的納悶，啟動小說的軸心，預示所謂至關重要的事（作品）往往發生在隔壁他無從進入的空間。唯有通過夢的甬道或打聽來的消息，才能間接地盲摸出他未曾親睹空間的精妙格局、架上擺設與塞進人物：像列車加掛車廂般的增殖出房間、候診椅、榻榻米、五斗櫃、小夫妻、王傑與壁蝨般的特務……隨著描摹，隔壁逐步漫生成他的夢幻之城，因為藏在那棄置多年空屋裡的人，正沙沙沙地寫作著。「我不知道為何我深信，這樣一個躲在暗影裡，沒有生活，像影子般無聲的人，像蟑螂抖晃著長觸鬚，寫出的東西，就是我這一生想寫，卻終無法寫出的『作品』？」此番堅信使夢中已是大作家的敘事者，化身闇夜裡的狗仔，手握大炮相機，巡弋著男人在城市裡梭行的沓跡，破獲作品成形之謎。然而，那宛如出自《竊聽風暴》，幽靈般的男人在透光的薄紙上，以鋼筆筆尖劃開藍黑水暈的字句，無不出自於對敘事者家裡消息的竊聽。竊聽是對所有聽聞的原樣轉錄，我們赫然驚覺，敘事者渴望的原是從自家走私出去的作品，他在場卻毫不知情的寶物。抄襲鄰人的男子與敘事者夢遊於自家或別人家之間的身影，開始逐步交錯模糊與重疊，他們都在謄抄著不認識也因此不屬於自己的作品。由是，駱以軍描繪出作家與作品間的最遠距離，那是「我（作家）所不知道」的距離，是《城堡》之於卡夫卡、《小團圓》之於張愛玲或《2666》之於波拉尼奧，這亦是作家對作品毫不知情的距離。一旦寫完，作家開闢的空間便成為他再無法插手之域，「每次要閱讀便散潰、沙化、或成為水波」，竣工的書本拒絕作家繼續向它投注作品的無限想像，它已畫清鄰人的距離，不容作家靠近。如是的回絕，展現在作家對己作的懊悔、痛恨、欲除之而後快與重寫。因此作家永恆地心願未了，一如既往地再次投身創作。因而作家沒有稱心如意的作品，並決意以持續不懈的書寫，等待永恆未來的合意之作：「哪怕只是在夢中謄抄一遍，不，哪怕只是謄抄其中一部分，那都是我的餘生，到死亡來臨之前，最奢侈、幸福，且應該不會得到的至福吧。」

駱以軍等待「未來」之作，陳雪則以作品的主題賦格抹消時間流逝所拉長的時差，以內容本本翻新的書冊形構作品「永恆一瞬」的內在差異。賦格以主題無限複製的方式逃離單義的原題，卻也因此永恆意味著與主題形式的重逢。從小說開場的臉書訊息得知，李美雲與江為民已有十六年未見，相戀的時刻業已過去，穿越前來的舊識令人心驚。然而，時間又像未曾動搖過，因為在李美雲的寫作中，她與江為民已幻化成各種面貌、年紀與姿態，在不同的背景、心境與處境裡反覆相遇、分離又重逢與再分離。他們一再以「不是他的他，愛著不是她的她，像一種宿命」，使他們能夠憑藉「相戀」重複指認出不同身世的彼此，即使披掛不同的戲服與面目，一旦相戀，愛侶的印記又會彼此再次嵌合，順著輪迴推送回李美雲的眼前。多重角色的持續相遇使十六年後的重逢早已反覆預演，李美雲零時差地返回過去時光，她撥了通電話說：「是我啊！」「ㄡˋ，是你」。彷彿「我、你」的人稱早已為他倆專屬私有，毋須姓名、職業或形象等多重確認，她便能從各種翳影裡分毫不差地收集江為民。如同作品「能夠無止盡地從已經『發生』了的時間裡一再盜走她想要的，重貼、改寫、複製，一再一再地，將已經『凍結』的『事實』，變成無數個『開放』『不確定』『可以更動』的『故事』」，江為民可以不僅止於江為民，而像是「一口不會乾涸的井，是一座能將任何事物投入的深湖」，悠遊亂步於高大如花崗石雕、蒼白削瘦、陰鬱憂傷，如罪犯、浪子或粗工……無所謂他是誰或何種書寫形式，而是通過不間斷地說故事，她一再返回「相戀」的同一時刻，通抵羅馬之途被無限虛構而出，填平分離的時差。於是，作品的賦格蓄積成著作等身的長河，它彷彿總已預先盤桓於每次的書寫裡，並隨完稿旋身而去，使作者悵然若失，必須重啟書寫，使分離再次化作與江為民（作品）重逢的契機。誠如小說所言：「作品。是持續不斷變動的過程。此次的作品覆蓋著上一次，現在覆蓋了過去，過去改寫了曾經。不會停止，沒有確定。被寫下是為了等待改寫。生出一個作品，是為了修改作家本人，以至於可以創造出下一個作品，作品將作者打造成更接近他自己想要的模樣，以便生產出自己最渴望的作品。如此反覆、循環、沒有終止。」成書、再度渴望作品、再成書、再思念作品地永恆重造一次李美雲與江為民。

陳雪以主題賦格構成作品的永恆形式，黃崇凱則從書的資本主義生產邏輯回溯作品起源的「最初」缺席。小說主角「他」以家族往事為本，出版過一本書，然而，他卻無法再創作。寫作成為不可複製的經驗，無論是耐心等待靈感的自然降臨、補助才華的獎金、以消費支持藝術、懷舊的復古翻新、同一素材的重新編寫、變換視角的重講故事……即使絞盡腦汁地變換生產方式，卻怎麼也挽救不了創作的無能。創造做為永恆只能出手一次的「第一次」，無法被延續地翻印、複製與量產。只有一幅〈蒙娜麗莎的微笑〉、一本《堂吉訶德》、一本《卡拉馬助夫兄弟們》……唯一的創作一期一會，「即使是作者本人也不能再複製。沒人想看作者自我抄襲，也沒人能全盤照抄這些傑作達到相同的神韻和地位。」縱使是世上唯一一位巴哈或達文西，誰「也不願看到藝術創作者比較差的表現」，如同楊德昌創下《牯嶺街少年殺人事件》的高峰之後，迎來了《獨立時代》、《麻將》的聲勢驟降。黃崇凱清楚勾勒了創作者面臨的末日宿命：必須先出手才能稱得上「創作者」的名號，然而那勝利的號角同時吹響新墳上的墓歌，用罄的「第一次」敲著作家失格的暮鐘：「所有出過書但不再寫新作的作者，都只能稱為『前作家』。」然而，作家的絕望不僅止於創造的覆滅，更在於無法與末日翩至同步撒手人寰。失去創造力的「他」與不識作品的眾生繼續呼吸著，「世界沒什麼改變，人們如常過活，該做什麼就做什麼，火車上的小孩照哭照跑，連續假日一樣塞車。」主角發現，「其實少了一個像他這樣的作家，文學不會更壞或更好。因為文學太大太老了，他連當顆老鼠屎的資格都沒有。」文學之於世界，無關痛癢，他之於文學，恆河砂粒，創作與否，既與誰都不相干也毫無所謂。既然如此，何以仍不放棄書寫：「他此刻是世上唯一有在寫的作家。」創造無疑是注定失敗的事業，它的「第一次」終結於神對萬物的創造，人繼續創作，是為了以缺席見證創造，以「這不是肯德基」認證ＫＦＣ。薛西弗斯以推石力行的「徒勞」，成為其宿命的知情者和形構者，他以成為神的共謀者變身為推動自己命運的主宰者。作家在「幸好這個世界也不再有第一次創造的快樂了」的知情裡持續創作，通過驗證缺席，重識創造最原初的「神的等級」。

黃崇凱使「創作」缺席，童偉格繼而讓「書冊」登上祭壇，如同他在小說裡的鬼故事提到，那最慘且最不堪之物：「那綑每夜每夜，被扯得嘶嘶響的膠帶：『生前』，它被製造成無生命之物；『死後』，卻被利用為可受反覆刑拷之靈。」撕膠帶是新住戶唯一聽聞且可辨識的聲響，然而那卻是自殺事件裡最末端的枝節，無法讀出陌生人的心靈與自殺的理由，但它卻成為最醒目與聳動的在場，使眾人經由「合宜排序與挖洞」轉移焦點的建構理解事件（有鬼）的可能性：空屋與鬼魂的膠帶變奏曲。有別於空屋的蕩然無物與鬼魂的不可見，膠帶就像書，它們堅實且具體的在場成為惶惶不安中的唯一憑恃。在參觀無主小樓的隊伍裡，敘事者因此找到讓人生出無比勇氣，可以平靜棲息的一處閒牆。不過，閒牆與膠帶做為事件局部，書冊做為創造過程中的冰山一角，總是使得由此展開的認識必然武斷。讀者如同一群空降的調查員「帶來一套新制服讓你換穿，讓你重新精神而筆挺，像一尊不可能的亡靈」，他們用歧出、類比或合宜排序因果的閱讀，度換書冊在場卻無可認識之貌：蓄積百年溼氣的木梯、壞在命定時刻的鐘、停在最後一張紙的打字機、書攤晾在未能讀盡的那頁……它們不說不藏而僅止於象徵，使讀者只能用無法實際占位的聲音、鬼魂與影子擠滿空屋（書），在無從檢證的詮釋裡，把「救命的」對調成「沒法子死成的」，用雨天切換颱風，規劃他們能辨識的格局與結論。於是，任何解讀都無可避免地將作品「轉進到另一個維度裡去了」。當我們心慌卻退無可退地發覺自己必然是歪曲作品的劊子手時，小說卻已然赦免了讀者誤讀的原罪。如同萊布尼茲不斷繁增與疊套的宇宙，書冊做為「死亡現場之鏡像」，通過詮釋的反覆沓跡而被拋光與記憶。書冊通過詮釋得以被保存，並由此留存了認識作品的可能性：「所有那些你以為在原本世界，隨原初現場消亡的，現在，在這空屋般的新維度裡，以最碎裂而隨機的方式，在你面前全景曝散。」在讀者參差的看法裡評論消長，調查員隨時翻新而從空屋裡一波波地出清，最終只留下無人空屋（書），那是一再映射他處，卻不稍加解釋的「鏡像的鏡像，是關於自己的完美文本」。讀者介入解讀，以便理解，但也引發另一次的武斷與文本破壞，因為書的變奏（詮釋）永恆折射他方而使書非書，不過，那亦是再次排空言說的啟動，書因通過詮釋互斥而總是能一再重新淨空。因而，童偉格說：「在其中，事物的神魂自在漂泊，昔時一切聲音，在遠遞過程中留存，徘徊，卻從不逸離。」武斷的閱讀是想像貼近作品的唯一方式，幸虧有書在場，所有詮釋的改版最終因此都能再次被癒合為無人真正進駐的空屋，展開作品的永恆呼喚。

空屋裡的鬼魂，無主故居裡的遊客翻新，童偉格的書冊由差異詮釋來反覆清洗，空出作品將臨的可能。胡淑雯則通過描述一篇刊登在《ELLE》雜誌裡的小說〈沒有人知道〉，描摹出認識作品的另一種絕不可能。無論是大學教授的指控「妳竟然以女作家的身分去走秀」，好朋友黔南調侃「妳身上那件Dior好貴」，雜誌社交代「要建立統一的視覺風格」，行政助理說「衣服不合身，要改」，總編對遺忘稿費的致歉，或作家小覓辯稱「並不知情」……圍繞在作品周遭，從誕生、付梓、出版到閱讀，無人真正關注作品的內文，誠如小說諷刺性的標題：「沒有人知道」。不同於字母O的開篇，顏忠賢以巴爾札克《無人知曉的傑作》刻劃作品的缺席，同樣使作品消失的胡淑雯則披上韓非「買櫝還珠」的外衣，以挑釁倒置的價值來收場。小說一開始，便是關於人要衣裝或衣穿人的辯證，穿上廠商贊助的服飾來拍作者肖像，究竟是誰消費了誰？如同刊登在時尚雜誌年度別冊裡的小說，究竟行銷了時尚或彰顯出靈魂？小說裡提到：「《大亨小傳》的女主角黛西，面對取之不盡用之不竭的華麗絲綢，落下的是眼淚而不是歡笑。笑就貪了，就淺了……高級時尚販售的是美感與記憶，不是金錢與享樂，也許作家的時尚功能就在這裡。」於是通過小覓一系列的自我辯護：我沒有走秀，那是一張作者照片，我要去抗議，竟然在我身上標價……時尚雜誌成為霸凌「買不起這種衣服的寫作者」的惡人。壁壘分明的推論讓人想起小說開場，大學教授簡化刊登事件而給出的結論：女作家＝女性主義，走秀＝女性主義的失格。教授的批判使作家小覓「簡直要笑出來」，而面對黔南的調侃，小覓第一個反應是「快告訴小覓那件多少錢？」前後不盡相同的姿態使小覓跳出受害者的標準版型，而似霧裡看花使其面貌千變萬化。這使人想起拍照當日，小覓確實隱隱感受到「事情好像不只拍攝作者肖像那麼簡單」，然而她卻選擇讓化妝師為她安上另一張臉，換穿別人的身分（名牌衣物），擺弄著不屬於她的姿態。她讓「與己無關」的模樣成為代言自己的「作者肖像」，面對他人由此萌生的想像沒有太多或太用力的辯駁，而是想笑，甚至跟風去追問價格。只要戴上這張不像她的臉，小覓便能避免暴露真實的自己（害怕說破一切導致刊稿破局、撤稿、得罪編輯，害怕自己沒才華、沒創造力、沒錢、沒自信……）。作者肖像於是成為作者自我的隱匿，對隨意觀看的回絕，就像藏身於時尚雜誌裡「沒有人知道」的作品。憤怒、調侃、無辜、撇清、避而不談等各種反應都只是在作品外打轉，「小覓試圖解釋原委，卻一再被打斷」。未曾走入作品的人，永恆只能看見扮裝的「作者肖像」。至於被消失的作品，胡淑雯說，「寫作本是對生活的背叛，既然對生活如此不忠，那就別奢望兌現了。」這是寫作者對於作品真相的覺悟，那是即使手握被退還的珍珠，書寫「沒有人知道」的作品，或被建構成任何肖像都無法阻止的唯一一件事：「為錢寫，為作品寫……做的是同樣的事」，那便是永恆不停歇的書寫。

失蹤表姊的傳奇、被閱讀沙化的作品、永恆一瞬的反覆書寫、作品缺席對創造的見證、書冊做為召喚作品的空間與「沒有人知道」的作品，面對早已宣告的無法被寫下、被寫完或被寫盡等關於書寫的種種宿命，六位作者已義無反顧地佇立於以作品之名的「在法的門前」。

作者簡介

◉策畫

楊凱麟

一九六八年生，嘉義人。巴黎第八大學哲學場域與轉型研究所博士，臺北藝術大學藝術跨域研究所教授。研究當代法國哲學、美學與文學。著有《虛構集：哲學工作筆記》、《書寫與影像：法國思想，在地實踐》、《分裂分析福柯》、《分裂分析德勒茲》與《祖父的六抽小櫃》；譯有《消失的美學》、《德勒茲論傅柯》、《德勒茲，存有的喧囂》等。

◉小說作者（依姓名筆畫）

胡淑雯

一九七〇年生，臺北人。著有長篇小說《太陽的血是黑的》；短篇小說《哀豔是童年》；歷史書寫《無法送達的遺書：記那些在恐怖年代失落的人》（主編、合著）。

陳雪

一九七〇年生，臺中人。著有長篇小說《摩天大樓》、《迷宮中的戀人》、《附魔者》、《無人知曉的我》、《陳春天》、《橋上的孩子》、《愛情酒店》、《惡魔的女兒》；短篇小說《她睡著時他最愛她》、《蝴蝶》、《鬼手》、《夢遊1994》、《惡女書》；散文《像我這樣的一個拉子》、《我們都是千瘡百孔的戀人》、《戀愛課：戀人的五十道習題》、《臺妹時光》、《人妻日記》（合著）、《天使熱愛的生活》、《只愛陌生人：峇里島》。

童偉格

一九七七年生，萬里人。著有長篇小說《西北雨》、《無傷時代》；短篇小說《王考》；散文《童話故事》；舞臺劇本《小事》。

黃崇凱

一九八一年生，雲林人。著有長篇小說《文藝春秋》、《黃色小說》、《壞掉的人》、《比冥王星更遠的地方》；短篇小說《靴子腿》。

駱以軍

一九六七年生，臺北人，祖籍安徽無為。著有長篇小說《匡超人》、《女兒》、《西夏旅館》、《我未來次子關於我的回憶》、《遠方》、《遣悲懷》、《月球姓氏》、《第三個舞者》；短篇小說《降生十二星座》、《我們》、《妻夢狗》、《我們自夜闇的酒館離開》、《紅字團》；詩集《棄的故事》；散文《胡人說書》、《肥瘦對寫》（合著）、《願我們的歡樂長留：小兒子2》、《小兒子》、《臉之書》、《經濟大蕭條時期的夢遊街》、《我愛羅》；童話《和小星說童話》等。

顏忠賢

一九六五年生，彰化人。著有長篇小說《三寶西洋鑑》、《寶島大旅社》、《殘念》、《老天使俱樂部》；詩集《世界盡頭》；散文《壞設計達人》、《穿著Vivienne Westwood馬甲的灰姑娘》、《明信片旅行主義》、《時髦讀書機器》、《巴黎與臺北的密談》、《軟城市》、《無深度旅遊指南》、《電影妄想症》；論文集《影像地誌學》、《不在場——顏忠賢空間學論文集》；藝術作品集：《軟建築》、《偷偷混亂：一個不前衛藝術家在紐約的一年》、《鬼畫符》、《雲，及其不明飛行物》、《刺身》、《阿賢》、《J-SHOT：我的耶路撒冷陰影》、《J-WALK：我的耶路撒冷症候群》、《遊——一種建築的說書術，或是五回城市的奧德塞》等。

◉ **評論**

潘怡帆

一九七八年生，高雄人。巴黎第十大學哲學博士。專業領域為法國當代哲學及文學理論。著有《論書寫：莫里斯・布朗肖思想中那不可言明的問題》、〈重複或差異的「寫作」：論郭松棻的〈寫作〉與〈論寫作〉〉等；譯有《論幸福》、《從卡夫卡到卡夫卡》，二〇一七年以《論幸福》獲得臺灣法語譯者協會第一屆人文社會科學類翻譯獎。

字母 19

字母會O作品

作　者——楊凱麟、胡淑雯、陳　雪、童偉格、顏忠賢、黃崇凱、駱以軍、潘怡帆
總 編 輯——莊瑞琳
責任編輯——吳芳碩
行銷企畫——甘彩蓉
封面設計——林小乙
排版設計——張瑜卿

社　長——郭重興
發行人兼出版總監——曾大福
出　版——衛城出版／遠足文化事業股份有限公司
發　行——遠足文化事業股份有限公司
地　址——二三一四一 新北市新店區民權路一〇八—二號九樓
電　話——〇二—二二一八一四一七
傳　真——〇二—八六六七一〇六五
客服專線——〇八〇〇—二二一〇二九
法律顧問——華洋國際專利商標事務所　蘇文生律師
製　版——瑞豐電腦製版印刷股份有限公司
初　版——二〇一八年六月
定　價——二八〇元

國家圖書館出版品預行編目資料

字母會O作品／楊凱麟等作
－初版－新北市：衛城出版：遠足文化發行，2018.06
面；公分－(字母；19)
ISBN 978-986-96435-3-5(平裝)
857.61　　107005947

ACROPOLIS 衛城

字 母 會
FACEBOOK

填寫本書
線上回函

● 親愛的讀者你好，非常感謝你購買衛城出版品。
我們非常需要你的意見，請於回函中告訴我們你對此書的意見，
我們會針對你的意見加強改進。

若不方便郵寄回函，歡迎傳真或EMAIL給我們。
傳真電話——02-2218-8057
EMAIL——acropolis@bookrep.com.tw

或上網搜尋「衛城出版FACEBOOK」
http://www.facebook.com/acropolispublish

● 讀者資料

你的性別是 □ 男性 □ 女性 □ 其他

你的職業是 ________________ 你的最高學歷是 ________________

年齡 □ 20 歲以下 □ 21-30 歲 □ 31-40 歲 □ 41-50 歲 □ 51-60 歲 □ 61 歲以上

若你願意留下 e-mail，我們將優先寄送 ________________ 衛城出版相關活動訊息與優惠活動

● 購書資料

● 請問你是從哪裡得知本書出版訊息？（可複選）
□ 實體書店 □ 網路書店 □ 報紙 □ 電視 □ 網路 □ 廣播 □ 雜誌 □ 朋友介紹
□ 參加講座活動 □ 其他 ________

● 是在哪裡購買的呢？（單選）
□ 實體連鎖書店 □ 網路書店 □ 獨立書店 □ 傳統書店 □ 團購 □ 其他 ________

● 讓你燃起購買慾的主要原因是？（可複選）
□ 對此類主題感興趣
□ 覺得書籍設計好美，看起來好有質感！
□ 議題好熱，好像很多人都在看，我也想知道裡面在寫什麼
□ 其他 ________
□ 參加講座後，覺得好像不賴
□ 價格優惠吸引我
□ 其實我沒有買書啦！這是送（借）的

● 如果你覺得這本書還不錯，那它的優點是？（可複選）
□ 內容主題具參考價值 □ 文筆流暢 □ 書籍整體設計優美 □ 價格實在 □ 其他 ________

● 如果你覺得這本書讓你好失望，請務必告訴我們它的缺點（可複選）
□ 內容與想像中不符 □ 文筆不流暢 □ 印刷品質差 □ 版面設計影響閱讀 □ 價格偏高 □ 其他 ________

● 大都經由哪些管道得到書籍出版訊息？（可複選）
□ 實體書店 □ 網路書店 □ 報紙 □ 電視 □ 網路 □ 廣播 □ 親友介紹 □ 圖書館 □ 其他 ________

● 習慣購書的地方是？（可複選）
□ 實體連鎖書店 □ 網路書店 □ 獨立書店 □ 傳統書店 □ 學校團購 □ 其他 ________

● 如果你發現書中錯字或是內文有任何需要改進之處，請不吝給我們指教，我們將於再版時更正錯誤

____
____
____
____
____

請沿虛線剪下

廣告回信
板橋郵局登記證
板橋廣字第1139號

請直接投郵•郵資由本公司支付

23141
新北市新店區民權路108-2號9樓

衛城出版 收

● 請沿虛線對折裝訂後寄回，謝謝！

ACRO POLIS 衛城出版

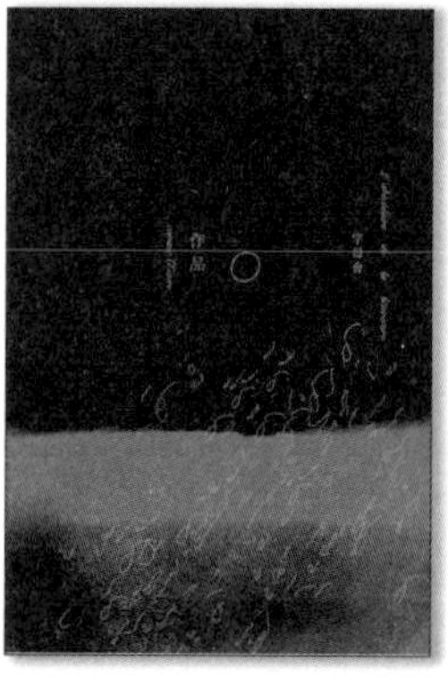